ESSAI SUR L'ŒUVRE DE MILAN KUNDERA

米兰·昆德拉作品论

弗朗索瓦·里卡尔

著

袁筱一

译

阿涅丝的最后一个下午

LE DERNIER APRÈS-MIDI D'AGNÈS

上海译文出版社

目录

序

　　也许欣赏不是一种愉悦，更是一种专注。我们通过思考而对某一艺术作品的欣赏，是一种无法解释的关注，排除了任何企图；这是一种对于欣赏瞬间本身的满足，不带任何欲望。就像一个行人在巴黎的某座桥上停下脚步，凝神观赏……

——阿兰①

　　① 《关于文学》（*Propos de littérature*），巴黎，贡蒂埃出版社（Gonthier），
媒介丛书（*Médiations*），一九六九年，页六一。——原注。

想要谈论米兰·昆德拉今天呈现在我们面前的作品，就他的作品而论他的作品，我们最好在心理以及精神上置身《不朽》第五部分开始时阿涅丝的处境，在踏上回巴黎的行程之前，阿涅丝决定在瑞士，在对她而言充满了静谧与回忆的群山之中，再停留一个下午。这段在某种程度上可以算作阿涅丝死亡"原因"的插曲，既可以被视为文学阅读和批评的伟大一课，又可以被视为昆德拉小说艺术观念和实践的一个典范。

首先让我们感到震惊的，是阿涅丝的这个决定和行为不具备任何动机，在她当时所处的状况下，甚至可以说是不合逻辑。我们都知道，她"不［喜欢］晚上开车"，于是她打算在一个合理的时间到达巴黎。而且路程很长。然而，她没有握住方向盘上路，向目的地驶去，而是耽搁了下来，不顾自己原初的打算，从而失去了宝贵的时间。究竟发生了什么，她为什么不走呢，为什么任由自己被无论如何只能算是某种背景、某个突发因素、某个偶然的东西分了心去，而原先的计划（在夜晚来临之前回到家中）根本不允许她在这样的时刻关注这样的东西？为什么这个没有动机的突发念头会毫无道理地延搁了她的行动，将她的旅程（她的生命）置于危险之境？作为回答，小说只是这样写道：

　　就像来不及表露心中所思的情人一样，她周遭的景致阻挡着她离开。她下了车。群山环绕着她……

在第一句和第三句话中，阿涅丝不是行动的主体，而是客体，是"受动者"，是囚犯。如果说她没有启程回家，那是因为有一种来自群山的神秘的、更为强大的意愿取代了她自己的意愿，命令她留下来。但是，我们都很清楚，对这命令置之不理、摆脱它的缠绕是很简单的；我们所有人几乎都这么做，保罗，她那喜欢骑摩托车的丈夫就是这么做的，从来没有任何风景能够阻挡保罗的行程。想要遵守事先的时间安排，阿涅丝只需转动点火开关的钥匙，毫不耽搁地动身就行了。然而这段的第二句话在，也是最重要的一句话，因为它将引发故事接下来的整个部分："她下了车。"这一次，是阿涅丝本人的行动，或者说是她自己选择了不行动，不转动点火开关的钥匙，留在这里，耽搁一阵。换句话说，是她本人决定服从来自风景的命令，倾听这想要和她对话的声音，任由自己被这个"情人"的愿望缠绕、占据和统治，她向这情人付出她的所有，她的自由。就像一个奴隶，一个听命于情人的女人，她选择了完全投入群山之中。

群山，从此之后，将在下午余下的时间里彻底占有她。它们将调配她迈出的每一步，填充她的感官和思维，不容抗拒地将她从她自身，从她生活的那种匆促而功用性的时间里拽出来，让她进入另一种时间，属于它们的时间，缓慢和沉思的时间，对于这种时间，阿涅丝不再加以任何控制，它对她而言毫无"用处"，表面上看来使她偏离了既定的道路，但同时，却在她预先毫不知情的情况下将她引向了最深不可测、最光辉灿烂的秘密所在。

简而言之，阿涅丝成了群山的读者。因为阅读，我们称之为阅读的东西，正是从这种无动机性开始的，从这种同意精神和想象放任自流，甚至是受它们奴役——也就是说颠覆我们平常已经习惯的那种施加于我们思想、计划、需求甚至生存之上的权力——开始的。真正的读者（倘若还存在的话）一直都应该是《堂吉诃德》序言所致的那种"悠闲的读者"，是抛弃了日常事务和目的性的读者，中断自己的行程，因为眼下见到的美"阻挡着［他］离开"，将自身，将所有事先所想的、所计划的都搁置在一边。打开一本书，任由自己被一本书"包围"，或者置身于被一本书"阅读"的状态，至少，假如这是一本小说，我们要像履行小说规定的条约那样，首先"下车"，也就是说不仅要远离包围着我们、为我们所熟知的现实，而且应当更彻底，远离我们个人的故事，远离我们个人社会的、政治的、情感的界定，远离我们的"研究"和我们的理论，甚至，如果可能的话，远离我们的身份。如果没有这份抛弃，没有这份最初的"漫不经心"，就不会有阅读，不会有任何发现和惊奇，而仅仅是对我们已经知道的、我们所欲求的和我们已经经历的一切的重复。正如在群山前止步的阿涅丝不再是不久前那个匆匆忙忙赶往巴黎的阿涅丝，阅读的我总是另一个我。

另一个我，必然在某种程度上是一个叛徒。听从风景的召唤、将车钥匙从锁孔里拔出来的阿涅丝究竟做了什么呢？她剪断了她现有生活之链，她在引导她生存的连续行为与思想中插入了一个例外的事件；她脱离了她自己，背叛了自己。从某个角度而言，她也背叛了在巴黎等待她的亲人。然而这份背叛完完全全只建立在一个简单的事实之上：停下来，不再沿着既定的道路前进，就像一个精疲力竭的赛跑运动员放弃了比赛，跨出了迈向旁边的一步，将他从所有的匆促中解脱出来，夺去了他的胜利，同时也免除了他的失败。面对世界，面对自己和自己的命运，阿涅丝突然间置身于游戏之外，处在一个迟到者、被逐者和缺席者的位置。她不再在那里；车子空荡荡的，就像是死在饭店的停车场上一般；到处，除了群山难以捉摸的静谧和雄浑，什么都不剩了。现在，一切都可能突然发生。

这本关于昆德拉作品的论述，我很希望能与阿涅丝的最后那个下午相仿。沉浸在同样的氛围中，遵循同样的节奏，因而同昆德拉呈现在我们面前的作品一样让人激动，一样让人忘却学术性批评的原则与野心，让我们把这一切都留在阿涅丝的手提箱内，扔在她的车后座上。这不是研究，甚至也许不是一本评论，而是一种思考——大概这才是论述这种不为人理解的艺术的名字。我们所致力建立的，不是某种小说的理论，也不是某种政治的、哲学的教义，而是单纯的美学体验的综述，也就是说对于我们这个时代最完美、最珍贵的作品之一无尽的欣赏与探索。因此，我们的阅读首先应该是一种内在的阅读，如果这个形容词还不至于太贬低作品价值的话：一种在作品内部展开的阅读，这种阅读不会把作品看作它的"对象"，而是将作品视为它的"所在"，也就是说阅读作品的意识与作品已经不分彼此了。

至于我们的方法，就只能用阿涅丝教我们的方法，阿涅丝对于我们的意义，就像《玩笑》中露茜对于路德维克的意义，她是

"开启者"，是向导，是我们的贝雅特丽齐①。面对昆德拉写下的文字，我们不仅要努力保持类似阿涅丝那天下午在群山间的精神状态，我们还要尽可能逼真地模仿她的作为，要踩着她的脚印，要一直待在她的身边，待在她的影子里，直至她进入风景、探寻风景的方式发生变化，最终成为我们的方式。

---

① Béatrice，但丁钟情的女子，后来成为《神曲》中一个理想化的人物、一个神化的女性，引领诗人游历地狱、炼狱、天堂三界。

迈向旁边的一步

孩提时，父亲教会她下棋。其中一招迷住了她，行家把这一招称为车王易位：[……] 敌方聚集所有力量攻王，王却突然从眼皮底下消失：王搬了家。阿涅丝这辈子就憧憬这一招，越来越疲倦，她就越来越渴望用上这招数。

——米兰·昆德拉

在我们和她一起转向群山的景象前，让我们先耽搁一会儿，停留在刚一开始的那个时刻，就是阿涅丝把车留在那里，往风景看去的时刻。这个驻足观望的动作是关于阅读的隐喻，关于评论的一课，并因为我们能够从中看到一种更具普遍意义的隐喻，即关于昆德拉小说的隐喻，或者说至少表现了他小说最主要的特点之一的隐喻，更加准确、更加有力地成为阅读的隐喻与评论的一课。

斗 争 小 说

要理解这个特点，我们可以借助关于小说——或者说故事——的传统定义。在黑格尔看来：“现代小说［……］的主人公都是相互冲突的个体，他们有着彼此冲突的爱、荣誉、野心，有着对更好的世界、对在他们的道路上四处设置障碍的生存秩序和世俗现实的向往。正是因为对这些障碍感到不耐烦，他们会将自己主观欲望和要求推至疯狂的地步，他们当中每一个人都活在因遭受压迫而迷醉的世界里，都认为，因为有与自己的情感、自己的激情的对抗，所以应该战斗。[……] 于是就要打破现状，改变这个世界、加以改造，或者至少扯下一块天来盖在地上。"因此激发小说想象的动机是冲突，更好的表达是："心灵的诗歌与现状的非诗"[①]的遭遇，也就是说渴求感知、完善与丰盈的人的愿望与他所投身的日益沦丧的世界的遭遇。关于这种冲突，卢卡奇[②]有句名言总结："小说是无神世界的史诗。"史诗，也就是说战争、战斗，是主人公与他必须面对的现实之间质疑的，同时又是论战的关系。

---

① 格·威·弗·黑格尔（Georg Wilhelm Friedrich Hegel），《美学》（*Esthétique*），塞尔日·让凯莱维齐（Serge Jankélévitch）译，巴黎，奥比耶-蒙泰涅出版社（Aubier-Montaigne），一九六四至六五年，第五卷：《浪漫派艺术》，页一二六；第八卷：《诗歌（第一部分）》，页二一四。——原注

② Georg Lukács（1885—1971），匈牙利哲学家、作家和文论家。

仍然基于黑格尔的定义，这样的遭遇只能以对立双方中一方的灭亡告终：要么是主人公放弃自己的向往，服从现实，要么是他抛开现实，从此只沉浸在自己的欲望之中。换句话说，要么是他发现非诗的现实世界，投身其中(拉斯蒂涅①)，要么是他坚持诗歌，在世界中再也找不到自己的位置（维特）。但无论是两种情况中的哪一种，都意味着小说的结束。小说，根据这个定义看来，最为本质的一点应该是关于主人公——这个"新骑士"(黑格尔语)——努力与挫折的叙述，小说应该叙述主人公的种种苦难，无论最终将之导向胜利还是失败，它们都是这永不间断的斗争之路上的标杆，主人公一会儿像个学徒，一会儿又积极反抗，然而永不间断的斗争之路是他在小说中既定的命运。

如果说这种"斗争小说"——与此相连的是小说形式的基本要素，比如悬念、"高潮"、情节推进、时间上的线性发展等——的模式早就有其根源(《堂吉诃德》,《鲁滨逊漂流记》)，如果说

---

① Rastignac，巴尔扎克笔下的人物。

它在所谓的教育小说、历险小说以及后来的侦探小说中以典型的方式得到了具体的实现，我们可以发现，其实昆德拉在《被背叛的遗嘱》中称之为小说史"下半时"亦即十九世纪甚至一直延续到十九世纪之后的所有小说全部、几乎鲜有例外地难以避开这个模式。现代的典型小说，有点类似民间故事，首先应当是某个人或某个世界的改造记(无论是正面的还是负面的)：它的逻辑、它的构成是一种征询(或者是征服，或者是探询)的逻辑和构成，也就是说将欲望(荣耀、爱情、财富、幸福、真理)付诸行动；而它的中心人物，无论是胜利还是溃败，都被冠以"主人公（英雄）"之名，亦即在前进、在斗争的人。从这个角度而言，左拉和雨果或大仲马无甚分别，同样，马尔罗①和麦尔维尔②或巴尔扎克也无甚分别，甚至普鲁斯特和司汤达或陀思妥耶夫斯基也无甚分别。再说，也许是首先出于这一点，小说与现代感受之间有着深深的默契，就现代感受来说，如果没有动荡、前进和斗争，历史与存

---

① André Malraux（1901—1976），法国作家、政治家。
② Herman Melville（1819—1891），美国小说家、诗人。

在都是不可想象的。

这种模式的力量——与可怕的重一样——也许在卡夫卡的作品中表现得再清楚不过了，卡夫卡以歪曲的方式全然显示了这力量，因此也把这力量消耗殆尽。的确，在卡夫卡之前的小说里，主人公的斗争说到底是基于对世界的"乐观"认识，在这样的世界，主人公要生活，要斗争。无神的世界，就是说除去一切先验的必然，坠入不稳定状态的世界，这个世界仿佛一种可塑、可臻完善，从而接受——原则上——主人公改造（或者说破坏）行动的物质，主人公的胜利，不管显得多么艰难、多么不确定，都处于可能的视野，因此才存在诱惑，能够确证斗争的必要，支持并不断重新开始斗争。拉斯蒂涅，于连·索雷尔，爱玛·包法利，安娜·卡列宁娜，甚至是《追忆似水年华》里的马塞尔，至少都可以对自己说，他们的向往有得到实现的机会，这世界，有可能服从于他们的欲望。因此，他们的斗争是有意义的，即便失败，他们也自信可以得到以前军人所谓的战争的荣耀。

然而，在卡夫卡笔下，以往存在于小说主人公的这种从容不复存在了。约瑟夫·K被看不见的法庭判了罪，土地测量员被看不见的当局禁止进入城堡，可见，这里的视野被彻底遮住了，人物周围或对面的世界变得无法进入。它的胜利，或者说它的不可动摇，也就是主人公的溃败，从一开始便注定了，没有任何理由能够压倒它盲目的、未经确证的权力，没有任何攻击能够动摇它；它就在那里，默不作声，永远无懈可击。对于这黑暗而沉重的世界，我们甚至不能说它构成了需要克服的障碍，或是人及人的欲望要较量的敌人。它的沉默与岿然不动使得它不会受到任何伤害，它是绝对的置之度外，我们无法谈论，无法认知，无法爱，无法恨，无法反抗，甚至无法抗议，因为在它与我们之间，在这不在场与主人公的行动或欲望之间，没有共同的语言，没有任何共同的东西。

在这样的状况下，人与现实之间"史诗性"决斗必然——只能是必然的——无法发生。对手处在不平等的位置，主人公任何行动最终都将反作用于自身，只能加速和肯定自己的溃败。但是，主人公还是在行动：约瑟夫·K试图保护自己，证明自己的无辜；

土地测量员毫不松懈地继续着自己的尝试，在无法进入的城堡脚下一直表现得和拉斯蒂涅一样，尽管拉斯蒂涅脚下至少还有座巴黎城。卡夫卡小说的悲剧性——也是它全部的喜剧性所在——就来自于这种不恰当：就像《变形记》里的格里高尔·萨姆沙，尽管处于新的状况，他仍然作为一个旅行推销员和孝顺的儿子在思考，在精打细算，就像《审判》和《城堡》里的人物，被囚禁在一个力量对比过于不平等的世界里，以至于任何斗争都没有什么意义，任何"奇遇"也不会突然发生，但是他们仍然——本能地，好像他们只会如此——斗争，以"主人公"的身份行动。在已经不再能够改变，因此甚至谈不上敌对，而只是完全不相干的现实面前，他们只能求助于从浪漫主义承袭下来的古老反映、古老模式，求助于遭遇与征询的古老模式。

关于黑格尔小说模式（以及作为其基础的历史且形而上的意识）的衰竭，当代小说家鲜有像《玩笑》和《不朽》的作者这般准确、这般有远见地注意到。如果说一切斗争都是徒劳，还有什么好做的呢？如果说用他们作为主人公的行为来圈定他们的幻想破灭，土地测量员或约瑟夫·K还剩下点什么呢？如果说史诗模式无法再坚持下去，世界变得疯疯癫癫，小说又会变成什么样呢？正是基于试图回答以上种种问题，或者不管怎么说，基于提出这些问题的方式，昆德拉的作品是卡夫卡作品的女儿，并且因此成为我们所能读到的最具"现时性"的作品之一。

关于回答，阿涅丝放弃踏上回巴黎的行程，滞留在群山之间的场景已经有所展现。这一刻发生了什么？仅仅是这样：一个人，突然间，停下不动了。丢掉武器，离开战场。成为意料之外的主人公，悖谬的，完全是昆德拉式的：一个否决自己作为主人公的境遇、放弃斗争的人。

通过这个所为（或者更确切地说，是这个不为），阿涅丝完成了给自己的界定；这是她觉得和自己最为吻合的时刻。从小说一开始，她就是作为"与人类不能相融"的人物出现的，因为"越来越经常纠缠她的那种奇怪而强烈的感觉"：

　　　　她和这些身体下有两条腿，脖子上有一个脑袋，脸上有一张嘴的生灵毫无共同之处。从前，这些人的政治和科学发明把她迷惑住了，她想就在他们的伟大冒险中充当一个小角色。一直到有一天她产生那种她不是他们中一员的感觉以后，她的想法就改变了。[……]她不能为这些人的战争感到苦恼，也不能为他们的节庆感到高兴，因为她深信所有这一切都与她无关。

直至去瑞士以前，这种感觉还或多或少地埋藏在她内心深处，秘密的，被她弃置在不愿意承认的境地：这是一种"奇怪"的，"她一直抗拒的感觉，她知道这是荒唐的、不道德的"，因此，它没有完全占据她的生活，但却经常纠缠着她，不断地——在她与丈夫保罗、妹妹洛拉、女儿布丽吉特的关系中，在她的工作中，在她穿越巴黎嘈杂的人群时——在她身上明朗起来，蔓延开来，不管她多么不愿意。但是她尽量假装这种感觉并不存在，或者尽量不让步，继续生活下去，仿佛她真的一直和这世界有什么联系，尽管她很厌恶。她准备着公开显示她的叛逆——灵感源自城市的肮脏与嘈杂，手里拿着一株勿忘我；将撞她的行人痛打一顿；希望发出太大噪音的摩托车手死去；甚至，就像她最后终于做出来的那样，将洛拉的墨镜摔碎在地；总之，她在抗争着，或者至少可以说抗拒着外来的种种侵犯，为自己的价值观获得某种程度的胜利而行动。

然而，阿涅丝从车上下来转向群山时，她放弃的正是这欲望与"斗争"（小说第三部分的标题与主题）的空间，由此她让步了，终于毫无保留地彻底让步于以前"荒唐的、不道德的"，至今仍沉睡在她不归属状态之下的感觉。再也没有了对抗，再也没有了"在［无论何种］伟大冒险中充当一个小角色"的想法。从今往后她所寻求的，就是不再与这些"生灵"为伍，到别的地方找回自己，到那些嘈杂与纷乱再也侵犯不到她的地方。她不再是他们的敌人，她不再怀着仇恨跟随着他们，她不再有任何消灭他们或战胜他们的愿望；简而言之，她不再是"他们中一员"。换句话说，她不仅仅不再属于他们的世界，不再相信他们的冒险，而且她也不再相信自己的冒险，不再认为自己有必要为完成那些不再存在的计划和欲望而斗争。她已经站在——就像洛拉指责她的那样——"爱的另一边"，因此也就超越了任何斗争之所在。以往昔"奇怪"的感觉作为开始，如今，她的背弃，她踏入"无斗争"的领土，已经是无可挽回了。

流 亡 小 说

在昆德拉的小说中，阿涅丝迈向旁边的一步绝非偶然。在这种或那种形式下，这一步成了我们在昆德拉小说中遇到的所有"大"人物的举动，也就是说所有那些在他各部作品中，其存在构成最强烈、最有生命力的意义集合的人物。为提醒起见，我们举些例子：《好笑的爱》中克拉拉的情人、哈威尔医生和爱德华，《玩笑》中的路德维克，《生活在别处》中四十来岁的男人，《告别圆舞曲》中的雅库布，《笑忘录》中的塔米娜（和扬），《不能承受的生命之轻》中的托马斯和萨比娜，《慢》中的骑士和T夫人，《身份》中的尚塔尔，《无知》中的约瑟夫。无论叙述身份如何不同——有时是主要角色，有时是次要角色，甚至有时会是插入性的角色，这些人物在各自所属的小说里都占据了中心主题性的地位：正是从他们身上散发出照亮小说其他部分、为小说其他部分着色的光辉，他们的视角，可以说，就是小说本身的视角。然而，透过各自不同的存在形式和色调，他们本质上是同一种反黑格尔的模式，或者可以说是同一种反模式：一种背弃者的模式，一种选择不再与世界对抗、放弃战斗、选择消失的模式。这种消失——我们随后还会谈到——可以通过很多方式来实现。但是每一次，它都在玩分岔，玩"脱钩"，玩渐渐脱离的游戏，或者先是服从于意识，然后突然之间脱离到那时为止一直支配着它的东西，从以前它所默认的引导它的价值、目的和欲望中抽身，从横伸出的另一条路上逃走。

这里，就在这些"大"人物的思想和生存不断追问和暗示的同时，有我们可以视作昆德拉小说精神的东西，也就是说特有的布局，能够充分发挥小说想象并随之不断控制、维护其发展的心理与美学态度。然而，这种布局和阿涅丝的情况一样，呈现的都是一种疏离的形式，一种与世界、与自我、与世界里的自我脱离的形式；这是一种迁移，一种流亡。

读者可能已经注意到，这里提到的精神态度与勒内·基拉尔在《浪漫的谎言与小说的真实》结论中提到的主人公的"皈依"十分相似。那种几乎成为所有伟大小说结局的"对形而上的欲望的放弃"与阿涅丝的举动完全相同，同样都是主人公最终远离了致力于虚荣、摹仿和斗争的世界。但基拉尔的分析主要是受到十九世纪作品的启发（司汤达、福楼拜、陀思妥耶夫斯基、普鲁斯特，再折回追溯到《堂吉诃德》），也就是我们所谓的"黑格尔式"的小说，建立于人类与世界不懈投身的斗争之上的小说。这也许就是为什么，在主人公皈依的基拉尔视野与流亡的昆德拉经验，即与阿涅丝和我们先前所提及的大人物体验的流亡之间，至少存在着两点重要差别。

第一点是关于主人公完成"出走"的方向。在基拉尔看来，皈依实际上是一种上升：人物"从高处避开"[①]了世界的无序与痛

---

① 这一段所有引文均出自勒内·基拉尔（René Girard）著《浪漫的谎言与小说的真实》（*Mensonge romantique et vérité romanesque*），巴黎，袖珍本图书出版社（Le Livre de Poche），一九七八年，复数丛书（*Pluriel*），页三五至三六，变体为本文作者所改。——原注

苦。因此，皈依实际上"对于司汤达笔下那些最典型的主人公而言是继［欲望的］疯狂之后真正的激情"，基拉尔写道："它与主人公到达至高境界时那种巅峰之上的安宁掺杂在一起。［……］法布利斯和克莱莉娅在法尔耐斯塔得到了非常幸福的安宁，他们超越了一直威胁着他们、要伤害他们的欲望和虚荣。"解脱在这里是上升；是"远离让人生病的疫气"，是最终找到"高处的空气"，那里闪耀着妥协的"明亮的火焰"。这种解脱带来的光明与和平带有某种天意，这就是为什么基拉尔在其著作的结论部分赋予它——即便不是内容上的———种宗教体验的色彩，也就是说一种趋于超凡的救赎的色彩。

昆德拉的人物的疏离完全不是这样。当然，阿涅丝最后的下午是以雄伟的群山和山间纯净的空气为背景的。但是人物内心所完成的体验和标志着昆德拉笔下其他"大"人物的存在的体验一样，它并不是要找寻一座突起于平原之上的静谧山峰，远离人世的嘈杂与疯狂，它更是在找寻一种边缘，一个保持相当距离的地方，被所有人遗弃的地方，一座孤岛，在那里，不仅仅不用看、不用战胜什么，而且不会再被任何人看见，是消失，是避开所有的敌手。因此，到达这个地方的运动不是垂直的，而是侧向的；就像国际象棋里的国王，通过"易位"来保护自己，这不是向上的一步，而是迈向旁边的一步；不是上升，而是背叛。或者说，即使有垂直方向的移动，也是往下的，主人公的解脱——正如我们在《玩笑》（但不仅仅是《玩笑》）里所看到的——于是成了一种坠落。但不管是垂直的还是侧向的，昆德拉式的"皈依"都是彻彻底底"无神"的皈依。没有任何真理可以战胜谎言；甚至结果正相反：放弃对真理的欲望，既悲伤又高兴、既委屈又悲悯地意识到谎言的普遍性，这是关于无信仰最正确的定义。人物置身其中不是为了超越和统治世界，也不是为了超越和统治自己，而是不在场，从这世界，从自身的命运中被放逐出去；这里没有永福，只有笑和忘的欲望。这不是神化；而是，正如我们先前所说的那样，一种流亡。

另一点让昆德拉小说在很大程度上得以区别于基拉尔的分析的，是标志他笔下那些"大"人物——或者说至少绝大部分"大"人物——存在的脱离不一定只产生在故事结尾，而据基拉尔分析，他所研究的浪漫小说的主人公都是在故事结尾才得以脱离。法布利斯和克莱莉娅的"非常幸福的安宁"，陀思妥耶夫斯基笔下人物达到的"高贵的明晰"，堂吉诃德的"幻灭"，《追忆》的叙述者"找回的时光"，所有这些事件事实上都是结论：它们不仅仅在最后的时刻拯救了主人公，为他们带来某种胜利，而且代表着对主人公到那时为止所经历的、曾经的一切的否定与超越。因此它们只能在叙述的结尾发生——通常伴随着人物的临终时刻或死亡，没有这样的事件，小说全篇就不可能发生，因为这种小说，遵循的是我们所谓的黑格尔模式，从头至尾都只是充满暴力与喧嚣的战场，在战场上，首先是从主人公开始，人与世界、人与人之间的战争无所不在。我们可以将这模式简述如下：主人公像一个盲人般穿越世界，视力恢复之时，他就走出了世界；他的皈依，也就是他的痊愈，为小说带来了结尾。

昆德拉作品的赌注之一就是彻底改变了上述模式，使得幻灭不再是主人公存在的完成或"结论"，而是主人公的存在完全沉浸其中的道德与美学的氛围。不再有那么宏大的定点发生的事件，有的只是从头至尾作用于整个小说的状态与布局。当然，阿涅丝离开车子转向群山时，她的死亡已经临近，但这不是小说的结尾，小说的结尾，第六部分，同一个阿涅丝又重新出现。而且，她那种不属于这世界的"奇怪的感觉"在她而言已经是个旧话题，那种感觉一直伴随着她，在她模仿父亲、回忆父亲的时候；以至于不属于这个世界的感觉已经完完全全成了她存在与生命的本质——用德语来说就是 *Grund*。正是基于这一点，阿涅丝首先是个后黑格尔式或者说后浪漫主义的主人公，与法布利斯和于连·索雷尔相反，与陀思妥耶夫斯基笔下的人物相反，与斯万和马塞尔相反，在她生命中的任何时刻，她都没有想过要进入这世界，她所寻求的只有一件事：如何走出这世界。行程终结之时使得浪漫主义的主人公顿悟的"清醒"在她身上的呈现就是从未离开过她的一个问题：

在一个无法与之和谐的世界里如何生活呢？不能把别人的痛苦和欢乐当成自己的痛苦和欢乐，这样如何跟他们生活在一起呢？明知不属于他们的一员，如何跟他们生活在一起呢？

在这部作品里和在昆德拉的其他作品里一样，似乎人的解脱与迁移早就发生了，整个小说以此为出发点，做的就是继续、深化、耐心地推出一切结果和不断地重复。

勒内·基拉尔在谈到浪漫主义主人公最终的皈依时也注意到，这种皈依会回过头去反射到整个小说上，结论便因此不无矛盾地成为激发小说所有者"写小说的能力"的视野的源泉。但是，这种"脱离开的全新的视野"突然出现之后，就不再能够属于人物；从此它成了"创造者本人的视野"[①]，从这个意义上说，创造者本人的视野的继承是伴随着对主人公的剥夺的，主人公只能是客体或目标，从来不可能成为源头。然而，在昆德拉笔下，这视野产生于小说内部，并且在小说内部得到体验，贯穿于小说自始至终的展开。用基拉尔的话来说，就好像小说从头到尾是发

---

① 勒内·基拉尔，参考书目同上，页三三二至三三三；变体为原文所有。——原注

生于结论之后，超越了主人公的死亡（顺便说一下，在《不朽》与《不能承受的生命之轻》某些部分的叙述结构中，的确是这种情况）。

尤其是在这个意义上，我们可以说昆德拉的小说是对荒芜的世界，或者更确切地说是对被遗弃的世界，也就是说对不断出现于流亡意识的世界的探索。就像《十日谈》所收的故事自始至终都被潘比妮亚那一小群人往佛罗伦萨城外的逃离照亮一般，也正如《宿命论者雅克》里的故事被两个伙伴没有终结的流浪照亮一般，昆德拉的小说也是在不断远离与消失的人的视野和体验中找到了源头和食粮。

就像阿涅丝，在那个下午，忘记了时间，朝群山的方向跨出了"迈向旁边的一步"。

全景

先前说过，我们用来谈论昆德拉作品的方法，将尽可能追随阿涅丝的活动。这就是为什么我们的谈论将包含三个阶段，三个阶段将按照顺序重现阿涅丝的三个时刻，这是欣赏的舞谱，是对她生命中最后一个下午的展现：纵观全景，散步，休息。

第一个时刻就在她下车之后，非常短暂，几乎转瞬即逝：在踏入风景之前，阿涅丝像在汉斯·托马①画前留连的 *Wanderer*② 一样，一瞥之间便拥抱了群山的辽阔。

　　群山环绕着她；左边的峰峦闪耀着鲜艳的色彩，青翠的轮廓之上是冰峰耀眼的白色；右边的峰峦笼罩在一层暗黄色的雾霭中，只显现出模糊的侧影。这是完全不同的两种光线；两个不同的世界。她的头从左转到右，从右转到左……

最初的这幅画面让我们感到惊异的，除了描写的简练，就是建立画面统一性的方式，尽管画面包含着两个"世界"，也许这两个世界的对立展现的是阿涅丝本人的双重思想，展现的是她游离在生存的雾霭和遥远处那岿然不动的怀念之情或诱惑之间。统一性在画面描写的一开始就已经确定下来（"环绕着她"），而在最后，当观察者的环视目光逐次投向似乎将风景一分为二的"两种光线"，以动态的方式重建统一性时，这统一性又得到了更为有力的显现。作为群体而存在，变化，同时立于光亮的世界和阴影的世界，群山自阿涅丝住宿的饭店的停车场——也就是说一个与群山相隔一定距离又被群山所囊括的位置——开始，就这样组成了一个有序而富变换的广阔整体：作为整体而存在的群山。

就让我们像她一样，首先纵观一下呈现在我们面前，或者更确切地说，是包围着我们的昆德拉的"作为整体而存在的群山"。尽管还没有完成，但仍然是当代文学中最奇特、最庄严的整体之一。

---

① Hans Thoma（1839—1924），德国画家。
② 英语，漫步者。

作 品 的 界 限

　　问题很快出来了：这作为整体而存在的群山始于何处，止于何处？昆德拉写道："存在两种关于'作品'的概念。要么把作者所写的一切都看成是他的作品［……］，要么只有作者自己在总结的时候认为称得上作品的才是作品。我一直是第二种概念热烈的支持者。"①然而，在自己的"总结"中，一如二十年来出版作品时做出的种种决定，昆德拉的选择是严格的：在他所写的东西里，只有属于小说艺术的，才能构成他的"作品"，才是真正得到"确认"的。

　　这并不是说剩下的一切，也就是在他第一本小说以前，或是与他的小说作品同时创作的——最近四五十年以来在捷克斯洛伐克、法国或其他地方发表的诗歌、翻译、戏剧、散文、序

---

　　① 《关于国家从苏联侵占中解放出来后〈玩笑〉捷克语第一版作者按》（一九九〇年），见克维托斯拉夫·赫瓦季克（Kvetoslav Chvatik）著《米兰·昆德拉的小说世界》（Le Monde romanesque de Milan Kundera），巴黎，伽里玛出版社，一九九五年，彩虹丛书（Arcades），页二三七。——原注

言、访谈等等——所有"产出",丰富而形式多样的"产出"必然是没有意义的。根本不是这么回事。在捷克批评界看来,他一九六〇年出版的关于弗拉迪斯拉夫·万楚拉[1]的研究就具有很强的时效性。同样,《文化与民族生存》《布拉格,消失的诗歌》《捷克文学的赌注》或是《一个被劫持的西方》[2],所有这些不仅对布拉格之春时期和后来的捷克斯洛伐克形势作出透彻的定位和分析,并且,这些政治的、文化的思考早就超出了地区时效性或促使他写下这些思考的当时情境的范围。但是昆德拉从来没有再版过这些文字,它们被排除在作者所认为的真正的"作品"之外。完全符合要求的、担当得起"作品"之名的真正的作品,不是一个"作家"的作品,也不是一个"知识分子"的作品,不管这个知识分子介入与否、叛逆与否,真正的作品应

---

[1] Vladislav Vancura (1891—1942),捷克作家。

[2] 分别见《现代》(Les Temps modernes),巴黎,总第二六三期,一九六八年四月号;《论战》(Le Débat),巴黎,总第二期,一九八〇年六月号;《自由》(Liberté),蒙特利尔,总第一三五期,一九八一年五至六月号;《论战》,巴黎,总第二七期,一九八三年十一月号。——原注

当是——按照最精确、最严格的定义——小说家的作品。别的什么都不是。

　　当然，在我们这个"混血"的时代，这样一种纯粹艺术的思考似乎有点过时了，甚至有点矫揉造作。因为我们同时丢失了"作品"——这座通过艺术家的劳动与思考自觉并且认真建造的房屋——的意义与小说的意义，丢失了小说的权力与自主。而昆德拉表达的"审查"自己的书目、将他所有的作品"缩减"为小说作品的愿望只是对这种权力与自主的捍卫与说明。难怪有些人——而且是大部分人——不乏惊讶，因为他们已经不能够理解昆德拉这样做不是在向自己致敬，而是在向他的艺术致敬；他所雕塑的，不是自己的面孔，而是剥去（摘除）自己面孔以后的作品，在某种程度上，是终于能够取代作者整个生活的作品。

　　这种对作品的考虑产生的另一个结果，就是作者对其作品日后的各种版本、各种语言的译本，一直以极其谨慎的态度，赋予它们日臻完美、日臻准确的形式，也就是说尽可能接近原来意义的形式。而这种形式倘要完成——或者至少是尽可能接近，在他而言就不仅仅要反对一切蓄意的改变，还要反对一切出版过程、翻译过程中的处理方法。又一次，在我们这个喜欢"文本生成"、喜欢"作者消失"、喜欢"解构"的时代的精神看来，没有什么比这种关于文学文本的十足的巴门尼德派观点和这种认为作者有权监控署有自己名字的文本的十足的"资产阶级"观念更加格格不入了。当然，我们也不应该抱有幻想。不论多么想为他的"作品"、为他的文本划定界限，不论表达得如何清楚，昆德拉的意愿与卡夫卡，与其他众多作者的一样，最终仍将遭到背叛。

就目前来说，我们的这本评论还是要尽可能忠于昆德拉的意愿。到此时为止，呈现在我们面前的群山由一九五九至一九九九年间的十部小说组成：《好笑的爱》[①]《玩笑》《生活在别处》《告

---

① 关于《好笑的爱》，有两个问题：一、这究竟是一部长篇小说，还是一个短篇小说合集？法语第一个版本（巴黎，伽里玛出版社，一九七〇年，世界丛书）是将其当成"短篇小说"合集，但是，这样的说法在日后"作者亲自审定的新版本"（巴黎，伽里玛出版社，一九八六年，弗里奥文库）中没有再（转下页）

别圆舞曲》《笑忘录》《不能承受的生命之轻》《不朽》《慢》《身份》《无知》。在这构成作品脊柱的十部小说之外，还要加上不属于小说但完全属于同一美学范畴的另外三部作品：《雅克和他的主人》，狄德罗的《宿命论者雅克》的戏剧变奏（一九七一年写于布拉格）；还有两部文论，《小说的艺术》（一九八五年）和《被背叛的遗嘱》（一九九二年），两部作品属于"美学忏悔录"①，属于将

（接上页）出现，尽管没有冠之以"部"这样的标题（像长篇小说那样），书里的故事还是用罗马数字Ⅰ至Ⅶ编了号。再后来，在《国家从苏联侵占中解放出来后〈好笑的爱〉捷克语第一版作者按》（标的时间为一九九一年，收录于克·赫瓦季克《米兰·昆德拉的小说世界》，见前文注释，页二四一至二四三）中，小说家更表示了自己倾向于将《好笑的爱》当成长篇小说来看待，当然是一种特殊形式的长篇小说，比较接近《笑忘录》的形式。无论如何，既然在昆德拉眼中，"短篇小说与长篇小说之间没有本质区别"（《被背叛的遗嘱》，页二〇三），两种小说只是"同一艺术的小的或大的形式"（《序》，勒·普罗吉蒂斯著《小说的征服》，巴黎，纯文学出版社，一九九七年，页Ⅻ），我们觉得将《好笑的爱》纳入昆德拉长篇作品的整体之中更为简单，也更为合适。二、究竟哪一部是昆德拉的第一部小说，《好笑的爱》还是《玩笑》？在《国家从苏联侵占中解放出来后〈玩笑〉捷克语第一版作者按》（克·赫瓦季克《米兰·昆德拉的小说世界》原引，见前文注释，页四〇）中，昆德拉把一九六五年完成的《玩笑》当作他的"第一号作品"，而《好笑的爱》是一九六八年完成的，并且直到法语版第一版时才确定下最终的形式，昆德拉将其编为"第二号作品"；但是《好笑的爱》中的第一个故事《谁都笑不出来》出版于一九六三年，也就是说早于《玩笑》。——原注

① 这是昆德拉的表达，见《断断续续》（A bâtons rompus），《小说工作坊》（L'Atelier du roman），巴黎，总第四期，一九九五年五月号，页六二。——原注

小说既视为对象又视为源泉的思考①。这两部文论，正如《雅克和他的主人》开篇的《一种变奏的导言》，不仅是所能找到的关于昆德拉作品及其"方法"的最好的描述，而且也是当代文学"理论"中关于小说、小说的性质、小说涉及的范围、小说的历史和挑战的最清晰的思考。在这里表达出来的思想，仍然是一个纯粹的小说家的思想，一个完全信任小说的人的思想，他不是将小说当成众多的形式和方法之一来耕作，而是当成自己与世界、与存在之间相联系的必要而充分的条件来耕作。这种"纯粹"广泛流传于音乐家和诗人之间，也就是说鲜有小说家（和小说评论家）认为自己的艺术具有某种绝对必然性和统治性，他们在将小说——不是"文学"，不是"叙事"，不是"故事"，不是"写作"，而是真正的小说——当成自己真正的祖国，唯一而不可替代的祖国时，总是表现出犹豫。

---

① 在这"法定"的全集中，大概还应该加上克·赫瓦季克《米兰·昆德拉的小说世界》附录的十篇随笔及"按"（页二二三至二五七），以及那以后发表的、有米兰·昆德拉版权标记的一些文章和访谈。——原注

地　　形

就像阿涅丝欣赏的群山一样，昆德拉十部小说呈现的风景乍一看也分成"两个不同的世界"，各自由不同的语言写成。一部分是捷克语写的小说；包含七部作品，创作时间延续了三十多年。接着的另一部分是用法语写成的三部小说，自一九九五年开始陆续出版。

但是至少有两条很好的理由让我们不要高估这种语言区分法的重要性。第一，即便现在在布拉格用原初的语言重新出版（继在加拿大以多多少少有些秘密的方式出版之后，当时多亏了约瑟夫·什克沃雷茨基和兹德娜·萨利瓦罗娃主持的六八出版社①），昆德拉的捷克语作品如今也成了法语作品，这些翻译成我们的语言

---

① 记得昆德拉生活在布拉格时，只有《玩笑》和《好笑的爱》在布拉格出版，前一部是在一九六七年，后一部是在一九七〇年；后面五部用捷克语写成的小说第一版均为法语译本（《生活在别处》，一九七三年；《告别圆舞曲》，一九七六年；《笑忘录》，一九七九年；《不能承受的生命之轻》，一九八四年；《不朽》，一九九〇年）。——原注

的作品，由作者仔细校正之后，在作者看来，与所谓的原本具有"同等真实的价值"。这种语言上的双重迁移（放弃捷克语、选择法语继续写作的决定和捷克语小说的"法语化"）是不是使昆德拉成为——就像居伊·斯卡佩塔在对《慢》的精妙研究[①]中所说的那样——一个法国作家，或者至少可以说，比起喜欢读拉伯雷和维旺·德农的《雅克和他的主人》和《告别圆舞曲》的作者，如果说那时的他已经显现出"法语化"的倾向，他现在是不是更像一个"法国"作家了？这里的确是一个难以解决的问题。回答这个问题唯一还算恰当的方式也许就是昆德拉本人在谈到自己的同胞薇拉·林哈托娃时所说的："林哈托娃用法语写作的时候，她还是捷克作家吗？不是。她成了法国作家了吗？也不是。她在别的地方。"[②]别的地方，她以前就一直在的地方，只能是她的艺术的国度。

---

① 见居伊·斯卡佩塔（Guy Scarpetta）《法式套曲》，《小说的黄金时代》（*L'Age d'or du roman*），巴黎，格拉塞出版社（Grasset），一九九六年，页二五三至二七〇。——原注

② 《解放的流亡》（一九九四年），收录于克·赫瓦季克《米兰·昆德拉的小说世界》，见前文注释，页二五四。——原注

不应该强调昆德拉捷克语小说和法语小说之间对立的第二条理由，就是我们不仅可能忽视或低估两个部分之间的联系，而且可能高估"捷克语小说部分"的延续性，注意不到其内部多样性的特点。

当然，这延续性是有目共睹的。它最醒目的标记并非捷克语的运用，而是这个在构成上非常奇怪的特性：对数字"七"几乎是着了魔一般的眷恋。这个数字不仅作用于作品的整体组成（七部小说），而且也作用于组成第一部分作品的每部小说各自的内部构成，除了在时间上居于中间的《告别圆舞曲》是五个部分外，其余六部小说都是由七个部分组成；不过《告别圆舞曲》的例外一方面中断了规则的单调性，另一方面却起到了更加强化规则的效果；而且《告别圆舞曲》的构成与《好笑的爱》中同样居于中间位置的《座谈会》的五幕构成遥相呼应。这份数学上的精准赋予昆德拉捷克语小说系列一种平衡、一种关联，仿佛我们可以把它们当成同一部作品的片段来看待，而这唯一的一部作品，无论是从其构成的规模而言，还是从其令人赞叹的完成而言，都可以与那些宏伟的"小说教堂"相媲美：《人间喜剧》《梦游者》《追忆似水年华》。

然而，在不忽视这种统一性的同时，我们有可能在"捷克语小说部分"内分出两个子集，这两个子集从很多角度来看都有所不同。第一个子集包括六十年代写于布拉格的四部小说，即《好笑的爱》（不同部分陆续写于一九五九至一九六八年间）、《玩笑》（一九六五年完成）、《生活在别处》（一九六九年）和《告别圆舞曲》（一九七一或一九七二年）①。第二个子集包括七十年代末与八十年代末间写于雷恩和巴黎的三部捷克语小说：《笑忘录》（一九七八年完成）、《不能承受的生命之轻》（一九八二年）和《不朽》（一九八八年）②。

尽管我们不应该夸大，两个系列的小说之间的差别的确存

---

① 这里标的大部分时间都是昆德拉本人给出的，有的在他小说的结尾，有的则在《国家从苏联侵占中解放出来后〈玩笑〉捷克语第一版作者按》（克·赫瓦季克《米兰·昆德拉的小说世界》原引，见前文注释，页四〇）。——原注

② 在《米兰·昆德拉的小说世界》这一研究作品中，克·赫瓦季克提出另一种对七部捷克语小说的划分方法：一边是"人类学、社会学和哲学"小说（《玩笑》《生活在别处》《笑忘录》），另一边是"以叙述之轻为特点的爱情作品"（《好笑的爱》《告别圆舞曲》《不能承受的生命之轻》）；《不朽》在这两类小说之外，是"对两类小说的母题和主题的成功综合"。——原注

在。前四部小说都是在同样的地理与政治范围内展开的，也就是一九四五至一九七〇年前后的捷克斯洛伐克，而后面三部小说却来往于捷克斯洛伐克与"欧洲的西方"（法国、瑞士、美国）之间。同时，相较于后一时期的小说，前一时期的小说更经常地借助近乎滑稽的场景，比如《玩笑》中厕所里的埃莱娜，《生活在别处》中雅罗米尔的短裤，或是《好笑的爱》中年轻记者与弗朗蒂丝卡、爱德华与女校长之间充满色情意味的对话，在后一时期的小说中，我们很少能够看到类似的场面。接下来的三部小说，相反，对当代世界的讽刺性思考和论述占了更大篇幅：比如《笑忘录》里的写作癖，《不能承受的生命之轻》里的媚俗，《不朽》里的意象学。在人物方面，同样我们可以注意到，在第一时期的小说里，人物多为男性，有的年轻（爱德华，雅罗米尔），有的则是更为成熟的年龄（路德维克，雅库布），而在第二时期的小说中，我们看到，女性人物得到了更多的展现，她们在小说中的地位比起过去也更为中心化：比如《笑忘录》里的塔米娜，《不能承受的生命之轻》里的特蕾莎和萨比娜，《不朽》里的阿涅丝。

第一子集和第二子集小说之间更为明显的区别是关于主题和叙述氛围的，我们可以借助前一章里阐述的斗争小说和流亡小说来加以说明。《玩笑》《生活在别处》和《好笑的爱》中的好几个部分都可以算作是冒险的叙述，因为它们分别叙述了人物想要实现自己的欲望、想要战胜世界或似乎与之敌对的环境而付出的种种努力和承受的种种苦难，哪怕永远无法达到自己的理想，哪怕最终还是要放弃战斗；而《笑忘录》《不能承受的生命之轻》和《不朽》则应该算作是溃败和放弃的叙述，这三部小说中的人物一生大部分时间都生活在欲望和冒险的边缘，甚至是在欲望和冒险之外。比如，笼罩着像塔米娜那样的人物的那种平静、那种忧伤的被动就和路德维克或是雅罗米尔那样的人物的野心与好斗形成鲜明对照。从这个角度来看，《告别圆舞曲》似乎标志着一个过渡：雅库布在温泉城停留的三天是他斗争的过去与即将来临的移民之间的暂停。

主题上的重心转移也伴随着形式结构上的变化，后者同样引人注目。的确，如果说昆德拉前四部捷克语小说尽管也具有无可争议的独特性，但与传统小说套路之间并没有截然割断联系：情节的一致性，对时间顺序的遵从，叙述中对话占的主导地位以及叙述者的相对隐身等；相较之下，后面三部小说显然要大胆得多，不论是从摆脱主题和形式的传统束缚而言，从叙述的分散性而言，从构成小说的各事件的异质性和多样性而言，还是从特别"主动"的叙述者的出现而言，当然，在《生活在别处》这样的小说里，上述特征都已经存在，但是在后三部捷克语小说里，所有这些特征占到了一个新的比例。

我们也可以借助昆德拉本人的表达，用另一种方式来澄清这种差别。对于称得上小说的小说而言，它们的构成会同时遵从两个重要原则，一个是"史诗"原则（某个故事的逻辑发展），另一个是"音乐"原则（某种形式的组成和某个主题或主题集合的发展），从《好笑的爱》到《告别圆舞曲》的前四部小说中，第一个原则最为明显，第二个原则虽然没有完全隐藏起来，却很不明了，就像是远景，想要清楚地看见，必须调整视角才行。然而，在《笑忘录》《不能承受的生命之轻》和《不朽》里，这种安排倒了过来：这一次，是音乐原则占据了前台的位置，它并没有摧毁史诗构成，但是它控制着史诗构成，即便没有将之置于难以分辨的地步，至少也让它极度缺乏连贯性，甚至出现了空白。

想要阐明这个现象，只需将《告别圆舞曲》和《笑忘录》放在一起重读一下，这两部作品共同构筑了两个子集的边界，并且也许是出于这个原因，它们将各自"半时"的特点发展到极致。前者犹如一部侦探小说，悬念的运用非常娴熟，奇遇和高潮都发生在确定的时间和地点，以完美的逻辑贯穿在一起，叙述与一小群人物的思想、行动从未分离，而且自始至终都是同样的人物；简而言之，《告别圆舞曲》就其紧凑、严格和线性的构成而言，与一出戏剧无异。而另一部作品的形式却完全出乎意料，在小说史上可谓是完全无此先例，表面上小说的情节前后没有什么联系，背景与时间不断变化，人物封闭在各自的故事里，从不交错，女主人公只在小说过半的时候出现过一次，叙述经常被小说家的思考和回忆打断，变得断断续续；然而，如果将《笑忘录》里的任何一幕场景、任何一个人物、任何一段思考删去，都有可能损害整个小说和它各个部分，因为每个部分的意义都直接根据与其他部分的关系变化，就像是一幅画中的各种颜色，或是一个乐谱中的乐谱线。①

如果我们刚才所做的划分是正确的，那就是说在昆德拉作品中，不是只存在一个而是两个捷克语作品的集合，前一个和后一个之间是六到七年的沉默，是昆德拉写作生涯中最长的沉默。从生平的角度来看，这段沉默正好与昆德拉离开捷克斯洛伐克移居法国的时期相吻合，后来他曾在《被背叛的遗嘱》里说过，这是他以为自己的作品从此终结的时期：

在完成了《告别圆舞曲》的创作的七十年代最初时日里，我以为自己的写作生涯从此结束了。那是在俄国军队占领捷克时期，我们，我的妻子和我，有别的伤脑筋的事。只是在

① 戴维·洛奇（David Lodge）在《巴赫金之后——论小说与批评》（*After Bakhtin. Essays on Fiction and Criticism*）中也提到《笑忘录》与《玩笑》之间类似的比较，伦敦，劳特利奇出版社（Routledge），一九九〇年，页一五四至一六七。——原注

我们到达法国（全靠法国的帮助）一年之后，在整整中断了六年写作之后，我才又重新握起笔。但这一次却没有什么创作激情。我惶恐不安。为了能重新感到脚下尚还踏着一方坚实的土地，我打算继续以前曾做过的事：写《好笑的爱》某种意义上的第二卷。这是何等的倒退！［……］还算幸运，在信手涂鸦了两三篇"好笑的爱之二"以后，我明白我实际上正在写一些全然不同的东西：不是一部短篇小说集，而是一部长篇小说（我随后将它起名为《笑忘录》）［……］。仍留在我心中的对小说的戒心一下子就飞到了九霄云外。

因此，《告别圆舞曲》（小说差点被起名为《结局》）在何等意义上沉浸在一种结束的氛围中，《笑忘录》就在何等意义上标志着小说家事业的新开端，也就是说，一方面它是原初的创作激情的回归与再实现，另一方面，它是对新的艺术道路的发掘，而这些新的艺术道路，虽然作者先前的作品已然成为载体，但到那时为止一直还未能得到开发。

然而，到了二十世纪九十年代，在沉寂了又一个六年之后，尽管可能没有前一次来得那么戏剧化，作者似乎又经历了一次"危机"和恢复，又写下了一批新的作品，和前一次一样出乎大家意料。这是昆德拉本人在一九九五年的一篇文章中谈到的：

在《不朽》中，我穷尽了到那时为止完全属于我自己的某种形式的所有可能性，这种形式是我自第一部小说以来一直致力变化和发展的。突然之间，一切都很明了：要么我已经到达了我作为小说家的道路尽头，要么我要去发现另一条道路，完全不同的道路。这也许就是为什么会产生那种无法遏止的用法语写作的欲望。将自己完全置身于别处。置身于一条意想不到的道路上。形式上的变化和语言的变化一般剧烈。①

① 《愉快的情绪（与居伊·斯卡佩塔的对话）》[*La bonne humeur (dialogue écrit avec Guy Scarpetta)*]，《游戏规则》(*La Règle du jeu*)，巴黎，总第一六期，一九九五年五月号，页一七。——原注

到目前为止构成昆德拉法语作品集合的三部小说——《慢》（一九九四年完成）、《身份》（一九九六年）和《无知》（二〇〇〇年）中，形式变化最为醒目的标记是放弃分成（七或五）部分，当然，除此之外还有小说的简短性，也就是说将情节在时间上缩短，相对压缩主题和人物的数量，并且将"史诗"原则和"音乐"原则紧密融合在一起的意图也更加明显。如果说捷克语小说丰富而复杂的构成，可以比作奏鸣曲的构成，随后的法语小说则呈现出赋格曲般隐秘而节制的世界。同时，由三部法语小说组成的整体在某种程度上是对前两个捷克语小说集合的综合。比如《慢》里又响起《好笑的爱》和《生活在别处》中"恶毒"的笑声，但是这种笑声又因《告别圆舞曲》中淡淡的忧伤而变得柔和。同样，尚塔尔，《身份》中的人物，可以说是特蕾莎和阿涅丝的姐妹。至于情节主要在波希米亚展开的《无知》，我们又如何能不从中看到对流亡和记忆的思考的一种延伸呢？这些主题的枝枝蔓蔓在昆德拉作品中无处不在，从《玩笑》《告别圆舞曲》一直到《笑忘录》和《不能承受的生命之轻》。形式上的朴实无华、集中和纯净，对存在的"基本结构"

的考虑，这些特点使得昆德拉的法语三部曲接近了赫尔曼·布洛赫在谈到斯特拉文斯基特别是毕加索时视为当代艺术最高成就，即他所赞赏的、简单称之为衰老风格的东西。

唯 一 的 书

这就是我们今天所能描绘的昆德拉作品的群山图，按照比较醒目的起伏划分成三个区域：捷克语小说第一集合（十多年时间里完成的四部曲）、捷克语小说第二集合（十年时间里完成的三部曲）和尚未完成的法语小说集合（五年时间里完成的三部小说）。尽管在时间上存在先后顺序，但如果用历史学家或"达尔文派"的观点来看待这三个不同的小说集合却有可能失之偏颇，也就是说通过不同的阶段，通过或多或少剧烈的动荡与质变，呈现出一种连续的变化和超越的过程。实际上，昆德拉作品的此集合与彼集合之间不存在任何中断、任何真正的"革命"。没有人能说《不能承受的生命之轻》或《不朽》因为属于第二集合，就比第一集合的《玩笑》或《生活在别处》更"进步"、更"成熟"，就是作者最好的小说。对于后来的法语小说同样如此，尽管在时间上要晚一点，它们并不比先前的作品更"昆德拉式"或者更不"昆德拉式"，要想正确阅读它们，根本不需要读过其他作品。

换句话说，我们可以从任何一扇门进入昆德拉的群山，按照任何一种顺序穿越它。这里不存在所谓的"年轻时候的小说"、"次要"作品、"过渡"作品，不存在创作过程中突然的转折和顿悟，恰恰相反，有的只是一种永恒，一种持久不灭的忠诚，忠于自己，也就是说忠于作品群山自一开始就确立的道德和美学的视野，在每一个集合里，在每一部新的小说里，这种视野都在不断重复，都在自己内部寻找出乎意料的可能性。正因为如此，一九九一年，昆德拉在谈到《好笑的爱》和他"小说家的道路"之初时，会写道："从这个时刻［……］开始了我文学上持续不断的发展，的确，这发展带给我很多意料之外的东西，但是

［……］，就我的美学方向而言并没有任何改变。"①

因此，如果我们想要正确理解这作品整体漫长道路上各个"集合"的性质和角色，就必须放弃黑格尔式的"进步"观点。最好的方法是将这些集合与毕加索的各个时期（"蓝色时期""粉红色时期""黑人时期"等等）相比：没有轨迹的调整，没有为了某种更真、更美或更正确的东西而放弃、摧毁任何别的东西，只有同样的探索的内部变化，或者更准确地说，是同样的发现，永无止境的追求，永无止境的重新开始。因此，换一种方式，从一个集合到另一个集合，并不一定要走得更远、更高或更往前去，并不一定要离开这块领土而去别的更加广阔的领土；相反，是要一直待在已经选择居住的领土上，只是换别的方式居住，改变观察的位置，移到新的方向，以便更好地了解这块领土，更好地将之

---

① 《国家从苏联侵占中解放出来后〈好笑的爱〉捷克语第一版作者按》，见克·赫瓦季克《米兰·昆德拉的小说世界》原引，见前文注释，页二四一；两年以后，作者又重新表述了这一观点："在我的小说发展道路上，在波希米亚写的东西和在法国写的东西之间没有任何中断。"（《昆德拉的"话语"》，《世界报》（Le Monde），巴黎，一九九三年九月三十日）——原注

变为自己的家。

这就是为什么我们在描述昆德拉作品整体时非常坚持群山这一地质学意象，因为群山的环绕性和稳定性可以减弱将作品分为不同的集合可能带来的一种线性的概念，一种错误的"发展"概念，当然，将作品划分为不同的集合是方便之举，但是这样的划分一旦导致在不同的作品或作品组之间设置完全的隔阂，那就是危险的，这些作品或作品组之间的共同点要比它们之间可能的一切区别多得多。也许我们所描述的三个集合当中每一个集合的特点都很准确，但是这些特点说到底都不能成为真正具有"区别性"的特点，也就是说只是某个集合具备而其他两个集合不具备的特点。比如，"史诗"原则显然也存在于第二个捷克语小说集合中，正如"音乐"原则也存在于第一个捷克语小说集合中一样。《不能承受的生命之轻》中的一些重要的男性人物也出现在《不朽》中，正像《玩笑》中，作为阿涅丝和塔米娜姐姐的露茜已然照亮了整部作品。甚至从法语小说的构成来说，它们各自相当简短，但却连成一片，在某种程度上很像是作者捷克语小说里彼此分开的各个部分。从一个集合到另一个集合，简而言之，并不存在根本的分岔和方向的改变，有的只是重音的差异、变化的主调和调整了位置的线与面。

所以，今天在阅读的时候，我们能够——也许应该——将昆德拉这十部小说（和将来要补充进来的作品）视作唯一的一个"集合"，唯一的一个圆，在这个圆的内部，无论从哪一点出发，都可以就地照亮所有的方向。换句话说，阅读这些小说，就像在读唯一的一本书，昆德拉的一本书，但是，当然，这本书是混合型的，充满变化，每一页都是崭新的，而且我们在阅读每一页的时候，每一页都不断把我们带到其他页上，让我们的思想和它们展开一场对话，唯有这对话才能使每一页说出所有要说的东西。这种方法，在于抛弃划分时期或"集合"的"历时性"途径，提倡马尔罗在《命运未卜的人和文学》中谈到的在"没有上游、没有下游的艺术的时间"里阅读作品，这也是爱·摩·福斯特①用来

---

① Edward Morgan Forster（1879—1970），英国小说家、散文家。

分析十八世纪以来英语小说整体的方法∶"在整个这篇论文中，"他一上来就宣布，"时间将成为我们的敌人。让我们来想象一下，所有的英语小说家，不是顺滚滚江流而下［……］，而是一起坐在一个房间里，一个环形房间里，就像大英博物馆的阅读室那样的房间里，所有的人正在同时写他们的小说。"①看待昆德拉的小说最好也用这样的方式∶不管时间顺序如何、完成的日期如何，想象一下，它们的写作是同时的，而我们的阅读也是同时的，就好像这些小说组成的群山整个竖立在我们面前，就在阅读的此刻，既属于作品本身也属于我们的此刻。

----

① 爱·摩·福斯特,《小说面面观》(*Aspects of the Novel*)，纽约，哈考特·布雷斯出版社（Harcourt Brace），一九五四年，页二一（变体为本文作者所改）。——原注

道路

（一） 母题　主题　人物

　　偶尔读一本巴尔扎克的小说和长期以他的作品为伴，一点点地挖掘整个《人间喜剧》的世界完全是两回事。

——阿尔伯特·贝甘①

　　① 《一读再读的巴尔扎克》(*Balzac lu et relu*)，巴黎，瑟伊出版社（*Seuil*），
一九六五年，裸石丛书（*Pierres vives*），页四一。——原注

这种没有上游、没有下游的"共时性"阅读最正确的方式，还是阿涅丝教我们的，就在一动不动地欣赏完环绕着她的广阔全景之后，她开始了在群山之中最后一个下午的第二个时刻：

　　　　她选择一条小路，缓缓升高，在通往森林的草地中间穿行。

这个将持续几个小时之久的时刻是散步的时刻，也就是说进入"道路世界"的时刻，在这样的时刻，欣赏风景和居于其间融合在一起，认识和行走融合在一起，而居于其间与行走都是缓慢的、专注的，沉迷于细节和地势的起伏，对任何前进的概念不予理会，因为道路没有时间而言，没有开始也没有结束。"在阿涅丝喜爱的树林里，道路分成一条条小路，小路再分成一条条小径", 这些小径通向另外的小路, 而另外的小路又通向一条新的道路, 新的道路可能就是开始的那一条, 也可能是另外一条, 我们不可能知道, 而且这也并不重要。道路是纯粹的 "对空间表示的敬意", 它的作用不是像公路一般让人穿越, 而是让人从各个方向走遍, 它与土地齐平, 与土地混为一体, 每一步, 每一个转弯处, 每一个岔道口, 道路都有可能重新组合, 因为 "每一段路本身都具有一种含义, 催促我们歇歇脚"。公路总是笔直的, 唯一的; 道路, 从其定义本身而言, 就是蜿蜒曲折的, 就是一张错综复杂、秘密的网中的一部分: 不向前进也不向后退, 而是喜欢弯曲、交错、分岔, 喜欢能够让我们发现此地通往彼地、此视野通往彼视野的新通道的一切, 即使不断回到原路或者完全在空间里绕圈。这空间不是它的障碍, 而是它的居所。

　　道路和公路蕴含着［……］两种美的概念。［……］
　　在公路组成的世界中, 一幅美景意味着: 一座美丽的孤岛, 通过一条长线与其他美丽的孤岛连接起来。

在道路组成的世界中，美在继续着，而且总是在变化着；

每一步，美都在对我们说："停下吧！"

也许，从公路的角度来分析昆德拉的小说也是可能的，将这些小说视为彼此分隔的"孤岛"，或是随着时间的推移，沿着一条"连接一点和另一点"，另一点总是比前一点"远"的线不断"发展"（主题上的，美学上的）的各个阶段。但是这样做会背叛我们一步也不愿离其左右的阿涅丝。这样做也有可能令我们无视就在我们眼前"继续着，而且总是在变化着"的昆德拉作品之美，唯有"道路式阅读"才能让我们接近这种美，也唯有道路式阅读才能充分地体验到这种美：这种每一部小说、每部小说的每一部分或每一章节与其他所有的小说、部分、章节的共存，就像是唯一一个空间的多重视角，这个空间在不断地展开，全面地，但不是以前进的方式，而是以连续扩展的方式，总是和它本身相似，却又总是新的，总是醒目的，总是无法把握的。

而且，阅读昆德拉作品——就像阅读任何称得上"作品"的作品一样——带给我们的最大幸福之一就在于我们接受邀约所做的这种连续不断的循环，首先是在每部小说的内部，但同时也从这部小说到那部小说，然后再到另一部，再另一部，几乎无穷无尽，就好像我们读到的每一个词、每一个人物和几乎每一个场面都会在另一本书中产生回音，与另一种背景发生关联，接受补充的意义和补充的丰富性。于是，阅读不再仅仅是发现，还有辨认，在现在进行的阅读中辨认出以前读到过的东西，同时也是为下一次阅读做准备，好在即将进行的下一次阅读中辨认出现在读到的东西。阅读，成了一种永恒的运动，根据内涵或是回忆的要求，从这里到那里，从这里溯流而上，从这里顺流而下，就像那顶形式多变、在小说之间游荡的帽子，每一次都为我们带来新的、多彩的、补充的价值，有时甚至与别处所有价值都对立的价值。克莱门蒂斯死后遗留在哥特瓦尔德头上的帽子或被大风吹至帕塞尔坟墓里面的克勒维斯爸爸的可笑帽子（《笑忘录》）；奥地利皇后面前的贝多芬和歌德不朽的帽子（《不朽》）；气恼的文森特头上可笑的摩托车骑手帽（《慢》）；萨比娜那顶淫荡的、成了她"生命乐章中的动机"的圆顶礼帽（《不能承受的生命之轻》）：所有帽子，形式各异，却在同一种空气中飞来飞去，最终彼此混在一起，成为一顶永远无法参透的、谜一般的帽子，就像我们平日在卡夫卡或卓别林头上看到的帽子一样。

关 于 狗

还有其他很多东西都在昆德拉空间中留下了痕迹：《座谈会》中伊丽莎白（《好笑的爱》）、《玩笑》中埃莱娜和《告别圆舞曲》中露辛娜分别吞下的让人上当的药片，让一心想死的人只是昏睡一场或者拉肚子了事，却让一心要活的人送了命；《告别圆舞曲》整部作品都是在"小小温泉城"和谐、忧伤却又让人激奋的背景下展开的，而几乎其他所有作品中至少也有一幕是发生在那样的背景下；还有那轮明月，为《告别圆舞曲》里的嬉戏投去讽刺性的光芒，如同在《座谈会》和《慢》里一样，将这三个故事变成了黑夜里发生的一组哑剧，后来在《不能承受的生命之轻》最后几页，月亮也惨淡地照着，"仿佛是死人屋里一盏忘了熄灭的灯"；还有总是在一群导演、记者和技术人员簇拥下的摄影摄像机，它们无处不在，把诗人的生活（《生活在别处》）、介入政治的知识分子的生活（《慢》）、民间节日（《玩笑》）或者政治性"伟大的进军"（《不能承受的生命之轻》），乃至私密的女人沐浴（《告别圆舞曲》），甚至胎儿在母亲腹中的模样（《身份》）都变成了同样的演出。

昆德拉的一部小说和另一部小说之间还会有结构相当或相似的场景彼此呼应，这些场景于是在整个作品之链上形成了与往往决定每部小说内在构成的叙述变奏相仿的各种叙述变奏。最为常见的有年龄悬殊的一对男女之间的爱情关系，既有一个成熟男人和一个年轻女人的（考茨卡和露茜，伯特莱夫和露辛娜，雅库布和奥尔佳，四十来岁的男人和年轻的红发姑娘，保罗和洛拉），也有反过来的（《让先死者让位于后死者》中的一对情人）。在这反复出现的场景清单上还有：朋友的背叛（《玩笑》《生活在别处》

68

和《告别圆舞曲》），色情聚会中的淫乱（《生活在别处》《笑忘录》和《身份》），裸露的女人和穿着衣服的男人站在镜子前（埃莱娜和路德维克，萨比娜和弗兰茨或托马斯，在鲁本斯和他朋友之间的"诗琴弹奏者"，《无知》中居斯塔夫和伊莱娜的母亲）。

尽管这些场景也许带有一定的边缘性，但是它们的反复出现还是向我们展示了一个很有意思的现象，也就是说越过每部小说的独特空间，存在一个更为广阔、"超越边界"的空间，在这个空间里，词语、母题或场景不断重复着，从一部小说到另一部小说，在小说之间建立了一种多向对话，依靠多向对话，我们读这部小说时，就会部分地读到那部小说，我们对两者的阅读都在不断改变，越来越复杂，因此也越来越丰富。

几乎在昆德拉每部小说里都出现过的一个母题是狗，好像这个不会说话、来自一个对人类的情感和命运漠不关心的世界的生灵每次都为人们带来了某种他们无法理解的信息。我们知道，这个母题在《告别圆舞曲》中占有很重要的位置，例如那段捕狗的插曲。那段插曲在第二天就已经宣告将发生，在第三天第七章中得到了详尽的描写，第三天第七章，意味着小说正中，因此它同时具有特别的戏剧化意义（就是在那场景的最后，救了一只斗拳狗之后，雅库布对露辛娜产生了一种"突如其来的和赤裸裸的仇恨"）和特别的象征性意义（那个可笑的逐猎场景映射出的是——因此更为可怕——逐猎人类的沦丧画面，正是这画面让雅库布逃离自己的国家，就在同一部小说里，人与狗的等同得到了"确证"，斯克雷塔医生在投身人类繁殖事业之前是养过狗的）。就是狗的这种语义上的承载，在《不能承受的生命之轻》里又被重新激活——因而也得到了丰富，当特蕾莎听说"在俄罗斯的一座城市里，所有的狗都被杀光了"时，她回想起苏联军队入侵她的国家的那个时期：

当时，人们尚未从国土被占领这一灾难所造成的精神创伤中解脱出来，但是报纸、广播、电视谈论的都是狗，说它们弄脏了人行道、公园，对儿童健康造成危害，是光会吃、毫无用途的东西。[……]过了一年，积聚起的所有仇恨（首先拿动物做试验），都转向了真正的目标：人类。

因为已经在《告别圆舞曲》中得到详尽的描述，这里没有重新出现捕狗的场面；但是它的意义，或者更准确地说，它的意义之一，在前一叙述中还不甚明了，在这里却成为一段评论的对象，如果我们脑中没有《告别圆舞曲》中心那几页，也许这段评论就不会形成这么强烈的效果。

然而，我们也可以说《不能承受的生命之轻》整个第七部分就像是《告别圆舞曲》中发生在捕狗稍晚之后，即雅库布将救回的斗拳狗交还给它的主人的小小场景的扩展。狗的主人夫妇经营着远离城市的一家小旅店，他们只在意自己家居的幸福和爱情：

外面，阳光灿烂，一大片泛黄的树叶，缓缓地向着开启的窗户方向斜铺过来。没有一点噪音。旅店超然于尘世之上，在这里可以得到安宁。

男主人没有名字，女主人叫作薇拉；他们也可以叫作托马斯和特蕾莎。至于狗，它叫鲍博，是《不能承受的生命之轻》里小母狗卡列宁的兄弟。但是这份相近的主要效果就在于两个场景因此可以交换价值，彼此照亮对方尚不甚明了的秘密之处：卡列宁和它的主人散发着死亡气息的忧伤因为鲍博和它的主人快乐的活力而变得有了些许阳光，反过来，后者也沾染了一点前者的忧郁色彩。

在《无知》里，有一个类似的反射效果，是约瑟夫造访以前曾保护他避开某些政治敌人的朋友N时短暂出现了另一条狗，一条德国牧羊犬。如果说狗在接待约瑟夫时所表现出来的欢悦能够让我们更好地理解相比之下N的尴尬态度和想要忘却一切的愿望，那么，与此同时，这条狗的出现在某种程度上明确了我们在阅读中——或多或少是有意识的——从一开始就在昆德拉的这第三部法语小说和《告别圆舞曲》之间建立的全部联系，前者是移民回归的小说，后者则是移民出发的小说。作为德国牧羊犬朋友的约瑟夫成为斗拳狗鲍博的朋友和救护者雅库布的另一面，他们相近的命运对称而又相反，仿佛一个是另一个在镜子中的影像，在各自的小说中互相呼应，就像是一个补充的问题，各自承载着对方所带来的新的幽默和美。

总的说来，狗这个母题在《无知》中的出现是短暂的。在其他小说中还要更为短暂，比如说《生活在别处》（缠绕着童年雅罗米尔的梦境和绘画的狗的形象）、《笑忘录》（卡莱尔妈妈的鬈毛狗）或《身份》（蜷缩在尚塔尔藏身的小贮藏室里的狗）。然而，每一次出现，不管是多么简短，这个母题都能为我们带来某种语义上的跳跃，直指其他阐述得更为鲜明的作品。

就像我们在狗（或帽子）这个母题上所看到的，不管是就昆德拉作品整体而言，还是就每一部独特小说内部而言，重复都遵循同一条准则，那就是不能是真正的重复，而应该是"变奏"——就让我们用小说家喜欢的一个词吧。正是因为这条准则，同样的元素不仅仅总是出现在不同的背景中，并因此改变价值和内涵，而且它在不同的环境下所得到的处理也随之变化。有时它是一段叙述或一段思考的唯一对象，叙述和思考都会得到相当的发展；有时它又只被视为另一段叙述或另一段思考内部的一个次要元素，非常简短；最后还有的时候，它只是一个简单的暗示，读者可以自由地选择停下或略过。

河 流 学

如果说上述准则适用于我们所列举的几个母题，那么对于大的主题，它的适用性就更加明显了。这些主题，像河流一样，贯穿昆德拉的作品整体，没有受到任何界限的拦截，一路奔去，在它们灌溉的每一部小说里沉积下自身已经取之不竭的语义河泥。这些重大的主题当中有不少在小说题目或小说各部分标题里已经得到揭示，也正是在相应的小说或部分里，这些主题在经受着最为深刻或最为集中的"审视"。我们只举些例子提醒一下：《好笑的爱》，《笑忘录》，"边界"，"灵与肉"，"不解之词"，"脸"，"斗争"，"偶然"，《慢》，《身份》。即使只占到整个作品相当有限的部分，这里的每一个题目却既是源头又是汇合处，从这里流出了很多意义的分支，也有很多意义的分支流向这里，也正是这些意义的分支将它相对应的小说或小说部分与作品整体的其他区域——有的时候是很远的地方——连起来，使得作品在整体意义上依靠诸如好笑的爱、笑、遗忘、边界、身份等望不到底的主题之井成为永不枯竭的开发空间。在这里，我们就举例说明，简要地循着"昆德拉式"主题之河中的几条去看一看。

不能承受的生命之轻。它是一部特别的小说的题目，并且，我们也知道，该小说的第一部分和第五部分的标题都是"轻与重"，在小说中，轻与重的主题得到了最充分的阐述，但是，正如昆德拉本人在《小说的艺术》中指出的，这条主题之河也暗暗流进了昆德拉其他好几部小说。《好笑的爱》里，在那段关于"唐璜的时代"的终结的大段独白中，哈威尔医生已经把这个主题当成自己的论据之一："唐璜肩负着一个悲剧性的包袱，而大征服者对此根本就没有概念，因为在他的世界中，所有的重负全都没有重量。"当雅库布想到他刚刚对露辛娜这个人犯下的"谋杀"时，脑中也有同样的想法，他把自己比作《罪与罚》里的主人公：

> 拉斯科尔尼科夫把他的罪当成悲剧来承受，最终他被
> 自己行为的重负压垮了。而雅库布却惊讶于自己的行为是
> 如此之轻，一点重量也没有，根本压不倒他。他不禁自
> 忖，这份轻是否和俄国主人公的那种歇斯底里的感情一样
> 可怕。

这"没有重量的重"，这"可怕的轻"，在《玩笑》的结尾，
在考茨卡向路德维克揭示了露茜的过去（同时也是他自己的过去）
之后，路德维克觉得"那种轻飘的虚空重压在我生活上"时，路
德维克也体验到了。而这个意象再一次突然出现在《笑忘录》的
第六部分，其悖论的特点更加鲜明。再也无法承担记忆重负的塔
米娜接受拉斐尔的邀请，到"一个凡事凡物都没有重量的地方"。
但是很快，在她到了儿童岛之后，她就感觉到"来自没有重量之
物的不适"在日益增长，简直要吞没她：

胃中的空囊，正是不能容忍的重量的缺失。正像一个极端可以随时转化成另一个极端一样，到达了极点的轻变成了可怕的轻之重。

如果从严格的历时性角度来看，《不能承受的生命之轻》之前的一些小说中类似段落的出现似乎只是后面的小说的一个简单预兆，也就是说用来标志它或多或少有些古老的"生成"过程的一系列阶段。而从我们的角度——即从"群山"，从没有上游也没有下游的时间角度——来看，每一个段落却都有它各自完全的意义。它们的存在就像是一个突破口，让这个主题进入了《玩笑》《好笑的爱》和《笑忘录》，而且丝毫不失它的丰富性和复杂性，也就是说丝毫不失构成《不能承受的生命之轻》的对轻和重的追问。通过哈威尔或路德维克的话，通过塔米娜的思考，我们听到了托马斯和特蕾莎、萨比娜和弗兰茨的声音，体验到了他们的经历，而这一切也反过来和他们遥远的同伴的声音和经历混合在一起。

就在《不朽》第五部分中间的地方，我们可以读到小说家和他的朋友阿弗纳琉斯教授的对话，他的朋友问：

"你的小说要用什么名字？"

"《不能承受的生命之轻》。"

"这个名字已经用过了。"

"不错，是我用的！但在那时，我弄错了名字。这个书名本应属于我现在写的这部小说。"

的确，这个题目完全可以属于昆德拉所有的小说，没有例外。

身份。这是另一个也适用于所有小说的题目。"什么是个人？"昆德拉在《被背叛的遗嘱》里写道，"个人的身份究竟基于哪一点而存在？所有的小说都试图给这些问题一个答案。"在昆德拉的小说中，这个谜主要是以一种怀疑的形式存在，以一种永远的——就像他在《小说的艺术》中所说的——"在自我与自我身份的不确定面前的惊讶"的形式存在，这是构成另一条主题之河的惊讶，我们可以顺着它在每部小说里的流淌，在几乎所有昆德拉笔下人物的存在中找到它。在这里我们就不这样做了，我们要做的，只是提一个问题：如果《身份》的女主人公尚塔尔，她对自我的脆弱性与无法稳定性的体验和昆德拉其他作品中的其他人物的体验没有相互呼应的关系，我们能够完全理解她吗？尽管这些人物与她毫无共同之处，但是他们也遇到过同样的谜，对于他们当中的某些人，这个谜是他们恐慌的来源，而对于另一些人，这个谜是他们自由的来源，总之，对于所有人，都是困惑之源。

顿悟——或者更确切地说，是不适的感觉——会在任何一个时刻突然降临，能让最初在《爱德华与上帝》的男主人公看来女朋友阿丽丝那样"一个坚定、轮廓精致的人"变成一个手脚脱节的玩偶，变成分离的灵魂和肉体纯粹"无机、随意、不稳定的组合"，这灵魂和肉体彼此陌生，各自可以进行任意的变形。就像站在尚塔尔面前的让-马克所体会到的，《搭车游戏》里的小伙子在他的女朋友突然"令人绝望地另样，令人绝望地陌生，令人绝望地多形"时也体会到同样的感觉。

这就像要在一个相同的对象身上看出两个形象来，两个重叠的形象，一个透过另一个透明地显现出来。这两个重叠的形象对他说，他的女朋友可以包含**一切**，她的灵魂是那么惊人地无法琢磨，矛盾的对立都可以在其中找到位置，忠诚和不忠诚，背叛和清白，轻佻和害羞；这种野蛮的混淆在他看来是那么令人作呕，就像一堆杂七杂八的垃圾。

小伙子没能看到的，是这"野蛮的混淆"同样统治着他，统治着他的自我，他自己身上就有，就像《玩笑》中的路德维克看到的"好几张脸"一样，他根本无法分辨其中"哪张是真的，哪些是假的"，因为所有的都一样"真实"，也就是说所有的脸都是隐约的，都是虚幻的。这将是《不朽》中女主人公阿涅丝——"丢失身份"的典型人物——的伟大发现。自从父亲去世后，阿涅丝的存在就只是不断地拆毁，拆毁自己，拆毁所有加诸其身想要定义一个自我的特征，即一个唯一的生灵，与其他任何生灵都不同，而且在任何环境下都保持原样的唯一的生灵。姓氏，脸，手势，所有这些似乎属于她的东西，所有这些东西在她看来不过是纯粹的巧合，不过是表面文章。在小说一开始，她就对保罗说：

我记得，这件事大概发生在我童年行将结束的时候：由于我经常照镜子，最后我终于相信我看到的就是我。对那个时候我只有模糊的记忆，但是我知道发现自我应该是令人陶醉的事情。可是后来有一次我站在镜子前面时，心里又嘀咕起来了：这真的是我吗？为什么呢？为什么我一定要和"它"结合在一起呢？这张面孔关我什么事？从那时候起，一切都开始崩溃了。一切都开始崩溃了。

理解尚塔尔的恐慌，就是听远处，越过她在让-马克身边醒来的那间房子的墙，穿越昆德拉作品的整个空间，听远处传来的那崩溃的声音。

慢。多义，甚至是模糊，昆德拉的主题是"符号"的反义词；没有可以代替它从而抹去它的稳定所指。相反，它的性质就在于随时准备着相近的、暂时的意义的分辨。它不是为着"解码"而存在的，也就是说它不是用来被超越的，它是为着无穷的探索、无穷的探询而存在的。因为它的内涵、它的语义"构成要素"就像诗歌的内涵和语义"构成要素"一般无边无际，于是对它们的"理解"，就像《笑忘录》的作者所说的那样，"迷失在无边无际之中"。主题没有正面没有反面，没有本义没有转义，没有真实没有虚假。它能够承载所有的价值，没有什么价值会比其他价值更准确或更深刻。因此，如果说扬和爱德维奇以不同的方式阐释了从《达夫尼斯和赫洛亚》中借来的主题，或者说在《不能承受的生命之轻》中，弗兰茨和萨比娜赋予那些使他们在一起同时又使他们分离的"不解之词"矛盾的内容，谁都不会比谁更正确；如果说这些不同的阐释似乎相对立，它们所做的，其实只是阐明隐藏于主题之中的"内在世界无穷的多样性"，对于这样的主题，我们永远无法完成对它的认知，必须不断地回来，重复，重新发现。

比如，慢是什么？在昆德拉的第一部法语小说中，慢与记忆、优雅以及"按照理智组织、丈量、划线、计算、测量"的乐趣联系在一起。"理性王后"，"幸福的守护神"，T夫人"具有慢的智慧，掌握减慢速度的一切技巧"。而在《不朽》的第五部分，我们也可以找到类似的价值，就在阿涅丝徜徉在群山之间的时候，她重新找回了"道路组成的世界"，缓慢，古老，到处都是兰波和歌德笔下的诗句；但是这个慢的世界展现在阿涅丝脑中的不再是色情场面，而是关于父亲的回忆，还有透过回忆的孤独和死亡。同样，《玩笑》的主人公路德维克在他才结识的年轻姑娘身上发现的"充满忧伤的慢"中也没有伊壁鸠鲁的享乐主义内涵：

> 对了，肯定是露茜这种特别的慢悠悠把我给迷住了，这种慢悠悠映射出一种逆来顺受，没有什么目标催着去做，也用不着急于伸手去拿取什么。

对于T夫人而言，慢是"理性"的标志，是爱情舞谱必不可少的装饰，在露茜身上，慢是顺从的结果（或者说，就像我们后来所看到的，是对爱情的恐惧），同样的慢（同样的？）在《座谈会》里的小伙子弗雷什曼身上成了不成熟的标志之一，"他的这种缓慢所体现的，不是笨拙，而是一种漫不经心的欣赏，我们这位年轻的实习医生就是带着这种漫不经心的欣赏，认真地注视着人的内心，忽略着外部世界无足轻重的细节"。

慢究竟是什么？

对生命的认同。这是我们要在这里顺流而下的最后一条河流，但是与我们先前谈到的那些有一点不同，这条河流基本上没有在一部小说或一部小说的某一部分得到特别的澄清，让一部小说或一部小说的某一部分成为它的源头或最清澈的地方。它和其他河流一般持久，但是更为宽阔，有无数的支流，它的冲积地形成的不再是某一个特别的主题——也就是说一个词或一组词——而是某种"首位主题"，更为广阔，更为普遍，有多种具体指代，而这些结构相似的指代——如果继续我们关于河流的比喻——都属于一个共同的、巨大的语义"盆地"。

在昆德拉的作品中——同样也在他智慧与美学的世界中——这种"首位主题"扮演着类似司汤达笔下虚荣或福楼拜笔下愚蠢

的角色，如果非要用一个词来命名的话，最合适的也许是：无知，这是典型昆德拉式"浪漫的谎言"的范畴。作为生存态度和世界观的无知，作为方位和程序的无知，它的本质是基于正反两面的，正面是对于和谐、纯粹、绝对的不可抑制的欲求，反面（但与正面实际上是一回事）则是对于一切格格不入与矛盾的忘却和隐藏。我们也许能够辨认出，这就是在《不能承受的生命之轻》第六部分中关于媚俗的定义：

> 就其根本而言，媚俗是对粪便的绝对否定；无论是从字面意义还是引申意义讲，媚俗是把人类生存中根本不予接受的一切排除在视野之外（反面）。[……] 媚俗的根源就是对生命的绝对认同（正面）。

"对生命的绝对认同"：这是另一种对无知的定义，在那类对这世界、对自己的身份没有任何挫败感和犹疑，觉得没有任何战胜不了的障碍，错误、粪便和死亡没有在其身上投下任何阴影的人而言。但是，无知有很多张面孔。既然这些词能够用来定义媚俗，在昆德拉的作品中，它们也同样适用于同一种态度的其他表现。比如《生活在别处》中，就是这样对抒情加以定义的："通过诗歌，人表示出对生命的认同"；还有，《笑忘录》中对加百列和米迦勒"严肃的笑"以及"快感之笑"的定义，是"生命对于乐于成为这样的生命的表达"，是在对全世界宣告："我们很幸福，我们很高兴生活在这个世界上，我们与存在合为一体！"再或者，仍然是在《笑忘录》中，无知成了电吉他倾泻出的、在这欢乐的愚蠢下埋葬了一切直至垂死者临终叹息的"回到原始状态的音乐"：

凭这些简单的音符组合，世界便可以博爱，因为是存在本身在这些音符的组合中兴高采烈地呼喊我在这儿。没有比与存在的简单融合更喧闹、更一致的融合了。

尽管借助的形式各异，这种感情，这种"对生命的认同"的欲求是昆德拉作品整体中最受偏爱的思考对象，也许我们可以这样来表达昆德拉作品最伟大的发现之一：无知、盲目抒情和媚俗的领地无边无际。"因为,"《不能承受的生命之轻》的作者写道，"我们中没有一个是超人，不可能完全摆脱媚俗。不管我们心中对它如何蔑视，媚俗总是人类境况的组成部分。"

昆德拉"研究"——事实上是揭示——得最为透彻的变奏之一当然是政治变奏，尤其是（但不是唯一的）极权变奏，也就是说无知与压迫必然而非偶然的联系：如果说诗人与刽子手联合起来统治，就像《生活在别处》所展现的，这是因为他们彼此绝对需要对方，因为真正的（并且是能干的）刽子手只能是一个无知的刽子手。无知——与人群行动"一致"，沿着历史的方向——是无论何种性质的一切革命、一切斗争的动因。在《玩笑》中，这样的无知名叫"欢乐"："一种分量很重的，被骄傲地冠之以'胜利阶级的历史乐观主义'的欢乐，一种禁欲主义的，庄严的欢乐"，埃莱娜和其他很多人一样，将这样的欢乐当成自己一生的主题；在《笑忘录》中，这样的无知成了天使们的"圆舞"；而在《不能承受的生命之轻》中，无知的政治变奏则通过"伟大的进军"的神话来表现，展现的是"把各个时代、各种倾向的左的人们团结在一起的政治媚俗"。

但活动分子（或者刽子手）的这种超凡入圣只是无知不计其数的面具之一，在昆德拉的作品中，无知还幻化成浪漫爱情的一千零一种形式，幻化成感情的人所承受的"灵魂的恶性膨胀"，幻化成对荣誉的渴求和"不朽的欲望"，幻化成广告和意象学用来掩盖人类悲惨状况的那些夸张词语（"生活"，"未来"，"希望"），幻化成源于忘却的愉悦，幻化成痴迷，幻化成年轻：到处都是被赞扬和"诗歌精神"忽视的过错与瑕疵、隐藏的粪便和魔鬼的笑声。

的确，无知在昆德拉的小说中占有非常重要的地位，在其中的变形非常多、非常丰富，因为它与昆德拉的小说所反对的一切一致，昆德拉的小说恰恰就是通过反对这一切来定义或试图来定义的。不断地回到这个主题上来，永不知厌地增加它的变奏，找寻它的意义，对于小说想象而言，就像在镜中注视它的反射，它完全的反命题，从而学会永远更好地认识自己，学会不将主题得以诞生并得以按照本来面目继续下去的一切排除在自己的视野之外。

巴尔扎克的策略

综观昆德拉的作品整体，母题、场景和主题的重复织就了一张巨大的“超级文本”之网，这种重复的作用不禁让人想起《人间喜剧》中人物重现的著名技巧所起的作用，该作用既具统一性又具多样性，基于多样性的统一性和基于统一性的多样性。正是通过这样的技巧，作者不仅在各部小说之间架起了天桥，使它们连成一个整体，令人将它们视为一个能容纳下它们全体的世界的组成部分，而且人物在这个“跨小说”世界的内部移动，获得了一种本体意义上的独立，增加了人物的可信度，同时也使人物更加复杂和神秘。于是，像拉斯蒂涅这样的人物，随着《驴皮记》《高老头》《纽沁根银行》和《交际花盛衰记》，也就是说通过他在不同年龄、不同场合的相继出现，不断地得到丰富，带来问题，从而避免了巴尔扎克笔下人物有时难免的那种略显僵化的简单。

自十九世纪以来，巴尔扎克的策略不断被模仿，高超的和蹩脚的兼而有之，但是，昆德拉的作品没有原样照搬这种策略，从严格意义上来说，昆德拉任何一部小说里的任何人物都从来没有重复出现在其他小说中。唯一也许有点接近巴尔扎克策略的例子是雅罗米尔，《生活在别处》的主人公，在《不朽》的第三部分被指名提到；但那只是对小说家写的前一本书的简单参照，并非按巴尔扎克的方式，人物进入新的场景。的确，昆德拉没有在任何一处求助于这样的方法，从这个意义上来说，他的每一部小说就自身而言、就其中的叙述人物而言都是完全封闭的。在这里，没有一个伏脱冷，没有一个安吉罗，没有一个内森·祖克曼①这样的人物穿越他原本所出现的小说的界限。

但这并不是说——根本不是说——昆德拉的人物彼此之间毫

①　Nathan Zuckerman，美国作家菲利普·罗斯（Philip Roth, 1933—2018）《鬼作家》《被释放的祖克曼》《解剖课》等系列小说中的人物。

不相干，并不是说这些人物到各自小说的最后一页就"熄灭"了。或者反过来说才是正确的：差不多昆德拉的每一个人物，不管是多么独特，多么个体化，都可以在作品整体的其他什么地方找到另一种存在，甚至是多种存在；他可以重生，重新经历生活，发生新的奇遇，并且因此不断地发现自己以前都还不知道的特点。换句话说，昆德拉的作品也求助于"巴尔扎克的策略"，从中找寻到使得组成作品的各小说之间可以对话的方法。但是它运用的方式是不同的：不是通过由名字的不变性和命运的延续性来确认的严格意义上的人物的重现，而是通过这种复数的生灵——没有更好的词，我们暂且把它叫作人物形象——的重现。

比人物更加普遍，但没有"类型"或者"特点"那么不具体，人物形象是一个既抽象又具体的范畴。抽象，因为它可以将若干个名字不同、故事各异但却具有某些共同特点的人物集聚在同一个家族或"种类"（仍然沿用巴尔扎克的语言）里。具体，因为想要理解这里所说的"人物形象"，就不能无视表现出这种形象的所有及每一个人物的独特存在，不论是作为整体还是作为部分，不论是持久的还是短暂的，不论是本质的还是偶然的。

所以，我们怎么能不对那些威胁或试图要自杀的女人的存在感到震惊？昆德拉的作品中，自杀的男人的形象出现得少得多，而且只是插曲性的（《玩笑》里的阿莱克塞，《不能承受的生命之轻》里斯大林的儿子），但是女自杀者的形象却几乎出现在他每部小说里。有时是悲切的（《笑忘录》里的塔米娜，《无知》里的米拉达，《不朽》第五部分里的少女），有时是可笑的（《玩笑》里的埃莱娜，《好笑的爱》里的伊丽莎白，《不朽》里的洛拉，《慢》里的伊玛居拉塔），但往往是悲切与可笑兼而有之。

还有一个人物形象更昆德拉式：被逐的人，也就是说姿态、背景都与其本身剥离，从而"落"在其命运之外的个体，比如路德维克，比如从瑞士回来的托马斯和特蕾莎，比如《好笑的爱》里爱德华的哥哥，比如《生活在别处》里四十来岁的男人。都是些失势的人，但矛盾的是，他们又都在各自的失落深处找到了意想不到的安宁，就像《慢》中的捷克学者想起他失去职位成了工人的那个时代所意识到的：

他记起那个时期，劳动后跟同事到工地后面的小池塘游泳。说实在的，他那时比今天在城堡里要快活一百倍。工人叫他爱因斯坦，爱他。

还有一个类似的人物形象，是前面一个人物形象的变奏，就是没有祖国，流亡的人。比如《笑忘录》里的扬，《无知》里的约瑟夫，甚至《告别圆舞曲》里已经踏上移民之途的雅库布。还有流亡的女人，比如萨比娜（《不能承受的生命之轻》）、塔米娜（《笑忘录》）和伊莱娜（《无知》）。从内心把自己驱逐出去，或是被逐出自己的国家，这些被逐或是流亡的人往往也是孤独的、与他人分离的、没有归属的人。单身，丧偶，离婚，就好像这些人要中断和其他人的一切契约，隔绝、摆脱任何什么团体，只蜷缩在——被弃置于——自己个人的存在之上。

尽管有着亲缘关系和命运上的平行关系，我们集聚在同一"人物形象"下的人物却绝不是彼此单纯的克隆。每一个人物都有自己存在的特别的方式和理由，每一个人物都有只属于自己的故事和"存在密码"。但同时，每一个人物又都是其他人物的兄弟，因为他的体验能在其他人的体验中得到反映，所以这种体验可以被更好地认识，总是被置于新的阐释之下，同时，在新的阐释之下，原本的体验也仿佛减轻了负荷似的。实际上，这些重复出现的人物形象的存在只是昆德拉变奏技巧的另一种情况、另一种运用：如同任何事物一样，人物的含义从来都不是稳定的，因此不可能一次就完全抓住它（"*einmal ist keinmal*"①）。它要求我们不断地回去，要求人物不断重生，相似但又不同，要求人物重新投入既为其陷阱又为其解释者的存在，直至对这个人物的理解如同对主题的理解一般，最终"迷失在无边无际之中"。

这种技巧解释了——也必须如此——昆德拉的小说人物为什么总保留着某种有点概念化或抽象的东西。从这个角度来看，他们与巴尔扎克笔下的现实主义人物是非常不同的，在巴尔扎克笔下，人物的个性化标签十分明显：他的名字，他的头衔，他的性

---

① 德国谚语，一次不算数。

格，他的过去，他的每一个细微的习惯，以及他的身体、他的着装和他的住处的每一个细节都被一一揭示。而在昆德拉笔下，我们看不到任何这一类的描写，相反，人物的特点倾向于通过某种普遍甚至是匿名的状态构成。我们知道他的性别、年龄、职业、社会身份，也就是说决定他在这个世界所处境遇的基本要素，但是他作为人的独特之处在很大程度上被抹去了：没有姓，有的时候连名也没有；他的体格特征、他的脸部特征都没有得到描写，包括他的住所或是他居住的城市，昆德拉的人物居住的地方往往是没有名字也没有确切方位的。被剥离了一切使之个体化的浮华之后，每个人物首先由我们所谓的根本的生存特征来定义，那些正是构成"人物形象"的特征，因此，每个人物都可以被视为唯一的"人物形象"多种可能性中的一种，众多变奏中的一个，每一次都是新的，却又总是为我们所熟悉的。

在这些"人物的变奏"中，得到最多阐述的有一个是年轻人的人物形象。的确，这个形象就像巴尔扎克笔下的人物一样，几乎"重现"在昆德拉的每一部小说中，具有不同的名字和身份，但都是同样的不成熟和精力充沛，也就是说同样绝对相信自己，同样在找寻能将他们从这才发现的世界的残酷相对性中拯救出来的"令人安慰的，无尽的，救赎的重压"。比如《玩笑》中俄斯特拉发兵营的指挥官，还有追求埃莱娜的金德拉；比如《好笑的爱》中的弗雷什曼和哈威尔的弟子，那个年轻记者；比如《告别圆舞曲》中可怜的弗朗齐歇克；比如《笑忘录》中拉斐尔夫人的学生和深受"力脱思特"这种"自我折磨的状态"、这种"青春的点缀之一"困扰的大学生；比如《不朽》中保罗钟爱的女儿布丽吉特以及为自己"属于用罗曼蒂克的信念和戴眼镜来表示与众不同的年轻的一代"而骄傲的贝蒂娜；而在《无知》中，就是约瑟夫本人，他所看到的写下中学日记的那个"坏小子"（他都已经认不出来了）。

但是有两个人物从众多人物中凸现出来，他们是昆德拉式年轻人的两个典型：一个当然是雅罗米尔，他短暂的存在只是一种具体的"试验"，以小说的种种手段，来尝试这个"无须进入世界，因为本身就是只属于自己的世界"的人生阶段；另一个是文森特，《慢》的年轻主人公。即使他站在一丝不挂的朱丽面前的失明重现了弗雷什曼面对伊丽莎白身体时的场面，即使他对三件套男人的话的反应近乎"力脱思特"，即使他模仿蓬特万的方式使他等同于《好笑的爱》里的年轻记者，文森特最像的却仍然是雅罗米尔。隐喻的热衷者，自恋的反抗者，不知所措的情人，就像被"两腿之间那个陌生而可笑的小丑"折磨的雅罗米尔一般，阴茎自顾自地说话，想干什么就干什么，文森特也不理解"面对这世界炫耀自己和走进这世界与之相融合根本就不是一回事情"。当然，两个年轻人所处的世界——给他们设下的"陷阱"——完全不是同一个。与一九四八年的布拉格相反，意象学家和"舞蹈者"的后历史世界没有任何沉重的东西，刽子手都被撵走了，存留下来的一切都是无足轻重的，甚至悲剧的可能性都消失了。文森特不再位于一个可以"进入"、可以"走进"的世界，因为不再有世界，不再有任何产生阻力的东西，不再有"别处的生活"。于是剩下的，永远就只是审视自己的形象，而且在自己的形象里看不到任何东西，只有可笑地、疯狂地"炫耀自己"，付出的代价是受到转化成"庄严的军乐"和对一切欲求的抗议的侮辱。

那么，究竟是什么使得昆德拉对年轻人的形象如此痴迷呢？从这个角度说，昆德拉的作品与贡布罗维奇①的作品一起，都属于对青春这个典型的现代神话最为仔细、最为毁灭性的"研究"。"小说人物，"《不能承受的生命之轻》的作者写道，"就在于探索作者认为尚未被发现的，或者主要的东西尚未被说出来的人类根本的可能性。"而"不成熟的基本状况"恰恰是这种种可能性之一，或者更确切地说：正因为被掩藏在大量诗歌、大量伟大的思想、大量令人安慰的形象中，才使得它成了富有多种未经探索的人类可能性的状况。如果想要揭示世界，小说就不能无视年轻人，无视年轻人的无知，无视年轻人的至高无上，无法不把这些当成自己偏爱的客体——目标——之一。

但是还有一个原因。在年轻人和"黑格尔式"的现代小说之间，存在着一种自然的、几乎是必然的姻亲关系。"这些新骑士，"黑格尔在谈到小说主人公时说，"主要来自于年轻人，因为他们

---

① Witold Gombrowicz（1904—1969），波兰作家。

觉得在一个他们认为与自己的理想不相容的世界里，自己必须进步，"这个世界在他们看来就是"对心灵的所有永恒权利的永不停息的损害"。作为理想、反抗和斗争的年龄，青春如同媚俗一样，在昆德拉的小说里，成了某种要唱反调的领地和王国，或者说要一反过去的王国，试图建立起自己的王国，解除原来所具有的魔力，带着卢卡奇所形容的那种"成熟的雄浑"和那种"成熟年龄的忧伤"的印记[①]。"小说家，"昆德拉承认说，"总是诞生于被拆毁的抒情之屋上。"[②]换句话说：是被拆毁的青春之屋，也就是说被拆毁的对自己的"光芒四射的青春信仰"（卢卡奇语）之屋，这种信仰让年轻人以为整个世界都为他所支配。倾注于年轻人的形象上，不倦地重新创造，从各个角度欣赏、发笑，对于小说家来说，就是重新"拆毁"并且不断再实现自己的艺术的重生，是重新找到

---

① 见格·卢卡奇著《小说理论》(*La Théorie du roman*)，让·克莱尔瓦(Jean Clairevoye)译，巴黎，贡蒂埃出版社，媒介丛书，页八一至八二。——原注

② 《与让-皮埃尔·萨尔加的对谈》(*Entretien avec Jean-Pierre Salgas*)，《文学半月刊》(*La Quinzaine littéraire*)，巴黎，总第四一一期，一九八四年八月号。——原注

这距离，这衰老，这使他的艺术如此这般的"迈向旁边的一步"。

　　年轻人最显著的特征之一就是坠入情网。或者更确切地说：这是他存在的方式，使他与昆德拉笔下另一个重要的人物形象相对立的方式。这另一个重要的人物形象就是放荡的人，我们也可以叫作好色之徒或者纵欲之徒，或者，用《座谈会》里哈威尔医生的话来说，叫"收集者"，总之，就像《不朽》中的鲁本斯一样，他"生活的重心［……］不是在公众生活中，而是在私人生活中，不是追求某种事业，而是在女人身边取得成功"。除了年龄所赋予的经验——通常他们四十来岁，就像《好笑的爱》里的马丁，《笑忘录》里的扬，《生活在别处》里第六部分的主人公，有时甚至六十来岁，就像伯特莱夫或是"二十年后"的哈威尔，这个人物形象中的一切也都使之与年轻人截然对立，当然，其对立首先就在于爱情的观念与实践。放荡者的爱情远非"爱情-感情"，因为这种感情式的爱情永远只是在他人并不存在的面庞与身体中对自我的欣赏，放荡者的爱情也远非对唯一的、理想的女人的"浪漫型的迷恋"，更远非童男用来定义爱情的那几个关键词："迷醉；共同生活；忠诚；真正的激情"，放荡者每天采集的，就像马丁一样，是"永恒欲望的金苹果"，正是这世界里，与他分享彼此的诱惑、征服与快感之欢愉的所有女人的存在和无穷魅力在他心头点燃了形式多样，总是不断翻新的欲望。而年轻人，"毛头小子"，总是表现出"无法享受美妙的一刻"，因为就像《生活在别处》里所说的，"对于他来说，除非能够为他带来美丽的永恒，否则这美妙的一刻就毫无意义"，放荡者，正相反，他种植的是没有明天的爱情，因此他可以创造出许多小小的杰作。因为再也没有比这薄伽丘笔下的情人更好的情人了，"蔑视女性"，同时又沉醉于激情。放荡者是色情活动与游戏的高手，是自己的主人，是夸张词语和夸张情感的敌人，蔑视一切附加的意义，但他却是一个能够全然扑向瞬间的"猎物"、扑向他的女伴、扑向他的女友的情人，他所爱的就是女人本身，灵魂和肉体，令人向往，同时又脆弱，不尽完美，就像存在本身①。

―――――――――

① 关于这个问题，参见埃娃·勒格朗（Eva Le Grand）著《昆德拉，欲望的记忆》（*Kundera ou la Mémoire du désir*，一九九五年）。——原注

放荡者的态度与《玩笑》结尾处路德维克所谓的"愚蠢的抒情年代"的最大区别就在于前者的"客观性"。在抒情年代，"自己本身就是一个识不破的谜，哪里会注意到自身以外的那些谜；别人（哪怕是至亲至爱的人）全都只是你的活动镜子，你从他们身上看到你自己的感情、自己的迷惘、自己的价值的影像，你感到惊讶"。放荡者，正相反，是将主观性缩减到最少的存在，完全投入到外部世界的存在与事件中，他的"征服"事业应该说是最不以自我为中心的，是最开放的，因为可以说，他是全身心地投入自己之外的对象，通过对抗、新花样和《不能承受的生命之轻》里托马斯所谓的"无尽的多样性"挑起他欲望的对象。"对于我来说，"莫里哀笔下的唐璜说过，"所有地方能够找到的美都令我无比快活，［……］我觉得自己有一颗能够爱整个地球的心。"爱，也就是发现，探索，受到驱使，像托马斯一样，"不是［受到］感官享受（感官享受像是额外所得的一笔奖赏），而是［受到］征服世界的这一欲念（用解剖刀划开世界这横陈的躯体）"的驱使。唐璜式的爱，简而言之，是一种认识。这就是为什么我们说如果青春是自然而然的诗人，那么小说就是放荡者的艺术。

年轻人的抒情性背离昆德拉的小说精神越远，放荡者的"恶毒"意识就越成为其象征或缩影，这也解释了为什么小说家会对这个人物形象特别钟爱，不仅是如此忠诚，不断地回到这个形象上来，而且对这个形象总是倾注了莫大的"感情"，因为在我们所处的这个"爸爸化"的世界，就像《身份》的女主人公观察到的，男人不再围绕在女人身边，放荡者这样的人物出现的可能性日渐减少，这就使得这个形象带有某种怀念的忧伤。然而，对于昆德拉来说，拯救放荡者就如同拯救小说。因为通过他"冷漠的目光"，他得以定义的那种漠然、那种"完全的非属感"，就像居伊·斯卡佩塔指出的那样①，我们还要加上他异想天开、游戏人生的性格，尤其是他遭遇的插曲性和非线性（或者说非黑格尔式），以及他对待自己和自己在这世界的存在的嘲讽态度（"嗨，夫人，我最多算个喜剧人物，"哈威尔医生宣称），放荡者（或他的非浪

---

① 居伊·斯卡佩塔《昆德拉的四重奏》，《不纯》（*L'Impureté*），巴黎，格拉塞出版社，一九八五年，页二七五。——原注

漫主义的情人：萨比娜，T夫人，《不朽》中的"诗琴弹奏者"）以自己的方式实现了小说的一切智慧与美学。

这种昆德拉式的人物——或者更确切地说：人物形象——重现的方法，只有用同样的"放荡型的迷恋"来看待作品，才能更好地理解它，同样的"放荡型的迷恋"，也就是说使像托马斯这样的人追逐"两百个左右"的女人的同样的对认知的渴求和同样的策略。"他在所有女性身上找寻什么？"小说家问，"她们身上什么在吸引他？肉体之爱难道不是同一过程的无限重复？"这个问题，我们同样可以用来问人物的重复。所有这些年轻人，这些被逐的人，这些女人的追逐者（暂且不提泽马内克、塞查科娃、贝尔纳·贝特朗、勒鲁瓦和其他诸如贝尔克之流，足可以代表莫里哀喜剧中十足的蠢驴的形象），所有这些生灵，似乎出自同一个模型，就像斯克雷塔医生的孩子，他们实际上不就是同一个人物吗？他们不就是在不停地彼此仿造和重复吗？

绝非如此。

《不能承受的生命之轻》的作者答道，

    总有百分之几是难以想象的。[……]如果能用数据来表示，他们之间有百万分之一的不同，百万分之九十九万九千九百九十九的相同。发现那百万分之一，并征服它，托马斯执迷于这一欲念。在他看来，迷恋女性的意义即在于此。他迷恋的不是女人，而是每个女人身上无法想象的部分，换句话说，就是使一个女人有别于他者的百万分之一的不同之处。

重复——同一个人物形象的重现——永远不是简单的重复，而是永远都不会结束、永远都不会放弃的对每个人物的不同之处与唯一身份的探索。托马斯的迷恋，简而言之，是对变奏的迷恋。

道路
（二） 构成

不制造悬念、不构建故事、不伪装真实地写作，不描绘时代、环境、城市地写作；抛弃这一切，直接切入本质。

——米兰·昆德拉

在和阿弗纳琉斯教授的一次谈话中，"昆德拉先生"，《不朽》的作者，批评了只是"向结局狂奔"的小说：

我像你一样喜欢大仲马，[……]但是，我感到遗憾的是，几乎所有那时写出的小说都过于服从情节一致的规则。我的意思是说，这些小说都建立在情节和事件唯一的因果关系的连接上。[……]戏剧张力是小说真正的不幸，因为这样会改变一切，甚至把最优美的篇章、最令人惊奇的场面和观察变为导致结局的一个普通阶段，结局只不过集中了前面所有情节的含义。

然而，"小说，"阿弗纳琉斯的朋友补充说，"不应该像一场自行车比赛，而应该像一场宴会，上很多道菜。"一场宴会——一张"主桌",就像菲尔丁在《汤姆·琼斯》一开始所说的——也就是一连串富有变化的、美妙的时刻，每个时刻都有其自身的价值，它们慢慢地相继到来，所有的目的只在于延续这份欢愉，占据时间并搁置时间，通过它们之间或近或远的关系将宾客在这一个又一个呈现在他们面前的时刻所发现的色彩、结构和味道联系起来。一场宴会，在柏拉图的传统里，也就是一场谈话，一场"座谈会"，大家在一起分享或重或轻的话题，纯粹是为了享受交谈的乐趣和融洽，因此摆脱了任何论战或论证的愿望，摆脱了任何导出某一个结论的目的，而是欢迎一切精彩辩驳和东拉西扯，开放地交换意见，不断地在意想不到的方向展开交谈。

在昆德拉的作品里，宴会的主人也许是伯特莱夫，《告别圆舞曲》里的美国移民，他的整个存在——既然他知道自己患了绝症（也许是出于这样的原因）——就是一连串"最后的晚餐"和与朋友的谈话，用来美化生活，享受"无法预见"之乐趣；他既不追逐什么也不逃避什么，因此有别于其他人物，诸如克利玛，雅库布，斯克雷塔，这些人都有要实现的计划或者要修正的错误，只想快点达到目的。如果说有一部"像一场宴会，上很多道菜"的小说，那应该是一部为伯特莱夫写和由伯特莱夫写的小说。

或者是一部为塔米娜写和由塔米娜写的小说，塔米娜是《笑忘录》的"主要人物和主要读者"。正是在这部小说中，作者表达了想要放弃建立在情节一致和戏剧性渐进上的小说的愿望，他把这种小说比作交响乐，"交响乐是音乐的史诗［，］可以说它像穿越无边无际的外部世界的一场旅行，从一处到另一处，越来越远"。作者想要放弃这种小说，幻想着一种"变奏形式的小说"，这种小说也如同旅行一般，只不过是"在无边无际的内部世界里"的旅行，也就是说是一种循环的旅行，几乎是不动的，最重要的不是持续地、尽快地从原因走到结果，从一个情节走到下一个情节，读者也不必越过无数情节的漫漫旅程"前进"直至到达最后的大结局之终点线，相反，这样的旅行，会不断引起对某种真理的注意和追问，永远的真理，又总是被推延，总是在别的什么地方，又总是就在那儿，就在眼前，闪闪发光，又隐藏在黑暗之中。在变奏的内部旅行中，小说家写道，"我们永远不会到达尽头"；

因为这里没有可见或可料的"尽头"，没有期限，也没有"结局"，因此也没有任何疾驰到达尽头的欲望。

道 路 小 说

宴会。变奏。按照这两个模式——或者说反模式——写成的小说"无法叙述"，也无法概括。除了这两个模式之外，我们还可以加上另一个，而关于这另一个模式，我们又一次要谈到阿涅丝那个下午的"最后一次散步"，也就是"昆德拉先生"和阿弗纳琉斯才在饭桌上开始他们关于小说艺术的谈话的前几个小时，阿涅丝在她前一晚住的饭店附近的山间小路上的散步。如果说就像我们先前谈到的那样，这次散步和这些道路为我们呈现了一幅最好的关于昆德拉作品"群山"既多变又统一的语义空间之图，教会了我们合适的阅读方法，也许正是因为它们同时也是关于这个空间构成方式，也就是说昆德拉式的构成艺术，昆德拉所追求的这种理想的形式最恰当的比喻之一。这种形式的小说不像是"一条狭窄的街道，人们拿着鞭子沿着街道去追逐人物"，它恰恰更像是这些山间道路之一，蜿蜒曲折，变化多端，没有尽头，"分成一条条小路，小路再分成一条条小径"，山间道路构成了一张网，在这张网中，读者应该像阿涅丝一样：不是为了到达什么地方，为了穿越某段距离，相反，读者要做的就是留在这里，在这个小说所划下的无限的圆里逗留尽可能长的时间，就像阿涅丝对她散步的森林的认知不可能结束一样，读者对于这个空间的探索也永远不可能结束。

在很大程度上，也许正是因为作品创造并且阐明了这种"道路小说"的艺术，《小说的艺术》和《被背叛的遗嘱》的作者才如此钟爱他所称的小说史的"上半时"。在拉伯雷、塞万提斯的笔下以及后来在斯特恩、菲尔丁和狄德罗的笔下，小说都还没有遵从情节一致和戏剧连贯性的准则，甚至也没有遵从严格而平衡的构成准则。上半时的这些小说采取的是流浪的形式（《堂吉诃德》）、散步的形式（《宿命论者雅克》）或自由谈话的形式（《十日谈》，《项狄传》），它们不仅不害怕突如其来的灵感、分岔、分心、插曲，甚至是不协调、"急促插档"，而且还追求这些东西，正是在这种种之中制造能够打乱叙述秩序与渐进的错误。在这里，小说的目的并不在于将读者从一点带至另一点，遵从逻辑的顺序，真实而有效。相反，它更在于让读者迷失，滞留，或者至少不停地将他带至开始的那条公路之外，就像一个与歌德同时代的爱好散步的人描写的那样："一系列的转圈、绕弯，有时路变窄了，有时又变宽了"①，不再有直线，不再有主道与次道，因为所有的道路都缠绕在一起，彼此连通，以至于散步者从来没有把握自己是在前进还是在原地转圈，他可以随时处在与刚刚才离开的背景完全不同的背景下。

这种想要重建"最初的小说家所建立的富丽堂皇的拼凑世界以及居于其中的那种欢乐的自由"的意愿是昆德拉小说蓝图基本的前提条件之一。因此我们可以说，阅读昆德拉，在某种程度

---

① 卡尔·戈特洛布·舍勒（Karl Gottlob Schelle），《散步的艺术》（*L'Art de se promener*，一八〇二年），皮埃尔·德叙斯（Pierre Deshusses）译，巴黎，帕约与沿岸出版社（Payot et Rivages），一九九六年，页九一。——原注

上，是（重新）学习阅读"最初的小说家"，是（重新）激活我们心中的精神准备与美学期待，使得我们能够进入他们的世界，不是把他们的世界当成历史上一个辉煌而一去不复返的时刻来看待，而是突然之间回到了自己的家。昆德拉的小说不是要原样复制从前的大师的技巧，就像"复兴"艺术或其他的"复兴"运动一样。如果说对薄伽丘、拉伯雷和斯特恩的回归的确源自一种怀念的欣赏和想要忠于这些伟大祖先被遗忘的"遗嘱"的愿望，这种回归的目的却并不在于要重新恢复这种或那种技巧，这种或那种手法，它所要恢复的是小说天赋的自由，也就是说要恢复那种挣脱了束缚和约定的小说形式与小说精神，自福楼拜伟大时代结束之后，就是这样的束缚和约定，压制、冻结了小说自身的成功。《项狄传》或《宿命论者雅克》带给昆德拉的，是实现任何一个小说家为了自己的利益所应该实现的东西的权利：重新创造小说的艺术，发现新的可能性，为此，就要让小说挣脱它的锁链与机械性，最终让小说回想起自己的主要使命，重新确立自己的主要使命。

从形式的角度而言，这可以说是"道路小说"的第一个野心。并非要彻底否决继承自十九世纪的小说美学，而是要忠于它最为珍贵的财产，也就是说要考虑到小说的艺术性与建筑性特点，打破模式，也就是说跨越这种美学所强加于小说的义务与限制：建立在因果和时间关系链以及严格的情节与人物的等级化上的一致性、真实性和情节发展的连贯性；叙述的同质性与统治性，它一方面取消了其他所有话语，或者至少使得这些话语降为次要的地位，另一方面抹去了小说家的声音或使之中性化，让小说家变成一个简单的"叙述者"；最后，是这种美学所要求的资料性，因为要忠实并且详细地描摹一个"地方"、一个"时刻"，也就是说某一个合乎逻辑的、能够辨认的社会历史环境。从这个意义上来说，昆德拉的作品完完全全属于——就其带有的那些伟大的近代先辈的痕迹而言：卡夫卡、穆齐尔、布洛赫、贡布罗维奇——小说史的"第三时"，第三时的小说知道现实主义的轮唱已至穷途末路，重新发现了"形式创造的无限自由"，正是这种自由使得其前巴尔扎克的根源重新焕发光彩，开启了自身某些至今为止尚未得到探索的形式的可能性。

　　然而，在这些可能性中，存在着一种能够将"拉伯雷或斯特恩的漫不经心的自由和小说构成的苛刻要求统一起来"(《被背叛的遗嘱》)，也就是说一种同时最为松散又最讲究结构、最为轻盈又最为密实的小说，在这样的小说中，发展到极致的多样性和完美无缺的统一性结合在一起，简单和复杂结合在一起，即兴而作的偶然性与构成要求的必然性结合在一起。总而言之，这种小说形式就像那个"道路组成的世界"，在那个下午，阿涅丝就像斯特恩的读者一样，思想"徜徉在一种温和的、闲散的自由之中"，徜徉在"继续着，而且总是在变化着"的美的世界中，在她散步的过程中，这个美的世界不断地将唯一的群山全新的风景呈现在她面前。

多 声 部 轮 唱

　　减慢叙述的流速；将小说从它受到限制的"狭窄的街道"上

解放出来；赋予小说进程中的每一个片段以不可替代的充分发展：在昆德拉的作品中，这一切都与作曲的两个同等重要的原则密不可分。第一个是变化的原则：是复调，小说得以"总是在变化着"之所在。第二个原则是主题的统一性，小说的"连续性"则来自于此。

在音乐上，《小说的艺术》的作者指明，复调是指"两个或多个声部同时展开"。到了小说领域，它则意味着对"单线构成"的放弃，从而提倡一种由若干线索或"线"以"对位"关系构成的结构方式，在这些线中，没有任何一条可以称为主要的或是次要的，附加性的或是统治性的，每一条都享有同等的地位，都拥有各自相对的独立性，并且，就整体的意义和协调性而言，彼此都是不可或缺的。

构成复调的线可能是各种类型的。最显而易见的情况——因为它最接近音乐上的复调——就是有两个或多个叙述"声部"，这种技巧，我们在十八世纪的书信体小说中已窥端倪，比如巴尔扎克的《两个新娘的回忆》，或是离我们更近一点的《亚历山大四部曲》①，后者的作者宣称要建立一种"形式依于相对原则的四层面小说"，也就是说对于共同世界的四种不同看法的遭遇，而这四种不同的视角又是在这个共同世界里展开的。

《玩笑》中，同样存在着四个视角：路德维克，埃莱娜，雅洛斯拉夫，考茨卡。但是，达雷尔笔下的叙述者是一个人：达利（除了第三部《芒托利夫》是以第三人称叙述的以外），并且每一个视角都是分别处理的，也就是说每一个视角都局限于四部曲的单独一部中，昆德拉则不仅仅让他四部曲的每个成员作为叙述者开口说话（他们轮流以第一人称叙述），而且更是将他们纳入同一个音乐会之内，超越他们各自的独白，让他们得以在各自说话的同时，在不知情的状态下补充、阐释同伴的话题，就有点像在摩拉维亚村众王马队游行时朗诵的那些听不清楚的诗句所形成的"多声部轮唱"。路德维克说那是"最高超的音乐，而且是复调音乐"，"每一个传令官朗诵的时候只用一个调，但这个调和其他任

---

① 英国小说家、诗人、剧作家劳伦斯·达雷尔（Lawrence Durrell, 1912—1990）的作品。

何人的调都不同，要做到各人的声音毫不勉强地相互配合"。

在《玩笑》的构成中，这种复调效果首先得益于四个独白当中每一个都具有自己的风格、调性甚至内容，它们完全是独一无二的，它们使一个独白与其他独白清楚地区分开来，也就是说每一个独白都在最大限度上具有一种"声音的自主"。但是同时，每个独白（除了考茨卡的）都无法脱离其他独白而独自发展。相反，每一个独白都被切成了若干长度不一的"插入"，这就可以将一个独白添加进另一个独白，使每一个"闲谈"都不停地被其他闲谈打断、干扰，有了细微的变化和一定的相对性。因此，路德维克说了十二次话（也就意味着他十二次交出话语权），埃莱娜说了四次，雅洛斯拉夫说了七次。多亏了这份中断，四个并没有直接一问一答的声部（就像书信体小说那样）似乎构成了一种非故意的对话，正好共同构成了某种叙述"轮唱"。在小说前六个部分里，这种话语权的交换还比较慢，"反驳"彼此孤立：我们可以轮流听到路德维克（十四页），埃莱娜（十六页），然后又是路德维克（一百三十九页），雅洛斯拉夫（五十四页），再一次的路德维克

（六十一页），最后是考茨卡（五十二页）。但是到了第七部分（共九十三页），交换的节奏加快了，路德维克、埃莱娜和雅洛斯拉夫的声音——每次插入的时候区分不再明显，但仍然能够辨识——交替的速度如此之快，以至于它们仿佛是彼此并列的，共同在演奏唯一一个乐谱。

当然，从量和情节上来说，路德维克的独白所占的比重最重，因为《玩笑》尤其是（尽管不只是）他的故事，他的溃败和复仇的故事。但是各声部之间的平等并没有因此被打破。不仅仅是因为路德维克的话经常被其他人的话打断（受到了其他人的质疑），而且从他自身以及他的命运，从他生活着和他曾经生活过的世界来看，比如从露茜，那个他曾经爱过、一直沉默不语的姑娘的角度来看，没有任何东西可以证明他的视角比埃莱娜、雅洛斯拉夫和考茨卡的视角要更好、更完整、更合理，后面三个人的视角和他的一样真诚，一样不完全。结果就是路德维克的声音并不重于任何人的声音，不可能让任何人闭嘴，不可能取消任何声音；在这里，包括他在内的任何人都没有最后的发言权，都不具有真理的特权，倘若这样的真理确实存在的话，即超越种种倾心于真理——或者更确切地说，倾心于真理，却永远无法拥有真理——的声音和视角的真理。

同一个客体具有多重视角，并且在互相矛盾的视角中得到阐释，而多重视角下的客体一旦开始在自身的身份与含义上摇摆，就立刻失去了所有的统一性与稳定性，这是昆德拉美学——和他的讽刺——的重要倾向之一。《告别圆舞曲》的第三天：究竟应不应该要孩子呢？《座谈会》的第四幕：伊丽莎白究竟有没有试图自杀？她又究竟出于什么原因这样做呢？就像《巨人传》第三卷里巴奴日面临的问题一样，答案只能存在于这些问题引起的却永远不会解决这些问题的论战之中。因为伯特莱夫、斯克雷塔和雅库布在第一个问题上提出的，弗雷什曼、主任医师、哈威尔和女大夫在第二个问题上提出的，在所有他们提出的"理论"中，小说并没有作出决断，以至于没有任何"理论"可以结束疑问。直到最后，真理都是无法抓住的，或者更确切地说，真理无法脱离多元的阐释与话语，而所有这些阐释与话语也只能紧追真理不放，却永远无法抓住它。就像《玩笑》中彼此交错的对白一样，在这里，围绕着问题的对话构筑了一个答案永远被悬置的空间。①

在《美术体系》里，阿兰，这个"下半时"小说家（巴尔扎克，司汤达，狄更斯，还有卢梭，阿兰觉得《忏悔录》才是"小说的模式"）的忠实读者是这样概括他所认为的"小说特有的故事"的准则之一的："在一部小说中总有一个视角中心，换句话说，就是一个主要的思想主体，与此相比，其他人物都扮演着客体的角色；"并且他很仔细地指明，"就像我不能是两个人一样，这种人物只能有一个。"《玩笑》和《座谈会》以不容置辩的方式驳斥了这种"独白"的小说准则，用自己的多个"视角中心"，应该说这些视角是完完全全非中心的、分散的：这种方式就是复调。

还有《好笑的爱》第三个短篇《搭车游戏》和第五个短篇《让

---

① 有关这个问题，可参见若瑟兰·迈可桑（Jocelyn Maixent）的出色研究《小说话语的美德与瑕疵：〈好笑的爱〉或〈雅克〉的教益》（*Vertus et vices de la parole romanesque: Risibles Amours ou les leçons de Jacques*）一文，收录于《十九二十》（*Dix-neuf vingt*）昆德拉专题（一九九六年），也可参见其著的《米兰·昆德拉的十八世纪或当代小说所塑造的狄德罗》（*Le XVIIIème siècle de Milan Kundera ou Diderot investi par le roman contemporain*，一九九八年）。——原注

123

先死者让位于后死者》以及小说《身份》也对"独白"的小说准则进行了驳斥，尽管是以稍微有点不同的方式。在这些叙述里，我们同样也找不到唯一不变的"视角中心"，相反这些叙述的整个构成都在展现这样一个中心的缺失——或者说丧失。尽管叙述是以第三人称进行的，这三个故事就像《玩笑》一样，建立在两个人物的视角——或者说是内部的"声音"——之间的转换上。但如果说路德维克和他的同伴的声音之所以不同，是因为生活使得这些人物彼此之间或多或少有差异，《身份》（或《好笑的爱》中的两个短篇）里的两个声音却来自于一对情人。然而在叙述过程中，我们只能感觉到这两个声音之间的差异，按照两条平行线各自展开，就像《玩笑》里的独白一样：它们之间越来越远，越来越失去对方，越来越不协调。尚塔尔和让-马克的悲剧，就像《搭车游戏》里的两个年轻人一样，不仅仅在于他们无法使得彼此的声音和谐，无法以同样的方式看待或感受发生在彼此身上的事情。悲剧更在于他们不知道如何找到各自的声音：他们审视对方和审视自身的视角多种多样，不断变化，相互矛盾，以至于不知道何为真理何为错误。复调就是他们的内心深处，就是他们的身份本身。

彼此交织的故事

先前所举的例子都是来自于同一个故事或同一个虚构世界内部不同的视角，故事的统一性因此衍射成多重的阐释，就像透过万花筒看到的一个五光十色的世界。复调的可能——并且同样有趣——也可以来自于同一个叙述内部两条或多条叙述内容不同的"线"的组合，也就是说这些"线"由不同人物或人物集合的遭遇与想法构成，以同时或平行的方式讲述。因此，在《不能承受的生命之轻》里，集中在特蕾莎身上的第二和第四部分与集中在托马斯身上的第一和第五部分相互交替，而这些集中在特蕾莎、托马斯夫妇身上的部分或成对部分又与集中在萨比娜和弗兰茨身上的第三和第六部分相互交替。

在《告别圆舞曲》这出真正的叙述芭蕾里，故事的相互交错走得更远。露辛娜和克利玛的故事是叙述的触发开关，很快就有四五个另外的情节补充进来，而且看上去和最原初的那个情节毫不相关，将一群完全陌生的人物推上舞台：斯克雷塔，雅库布和奥尔佳，卡米拉，弗朗齐歇克。尽管每一个故事都有其自身的历程，遵循其自身的发展逻辑，整个叙述一章接一章地，在尊重五"天"的线性发展的同时，不停地从一个故事跳到另一个故事，从这个人物的行为跳到那个人物的想法，一直处在一种完全自由又完全循规蹈矩的摇晃之中。就这样，在每一个人物各自的故事与他人的故事之间，形成了各种背景上的联系和各种相遇，从而织成了一张越来越紧密，很快就错综复杂的网，在这张网的内部，可以滋生几乎无尽的偶然和"奇迹"。但是，我们不能说这些故事当中的任何一个构成了小说的主要情节，也不能说任何一个人物占据着主人公的位置。这些故事和人物之间，起统治作用的是《小说的艺术》的作者所称的小说对位法的必要条件："一、各条'线'的平等性；二、整体的不可分性。"

这两个条件同样也支配着昆德拉的第三部法语小说《无知》

的叙述构成，而且，就像我们先前已经指出的那样，《无知》的情节安排（回到祖国）也和《告别圆舞曲》的情节安排（离开祖国）不无联系。在五十三个短章的篇幅里，《无知》叙述了表面上毫无关系的三个人物的故事。在前十一章，情节主要集中在伊莱娜身上，一个生活在巴黎的捷克移民，捷克共产党下台后，她又回到了阔别二十年的布拉格。在机场，伊莱娜偶然遇到了她过去认识的约瑟夫，她觉得应该是他。此时叙述突然转道了，接下来的各章完全倾注在约瑟夫的故事上，约瑟夫也是一个移民，此时回到波希米亚探望家人和朋友。一直到第二十五章，伊莱娜才重新出场，临时扮演了几页的主角。接着，在第二十八和二十九章，又是新的转道：第三个故事开始了，这是一个出现在约瑟夫少年时代旧日记里的一个没有名字的年轻姑娘的故事；我们只是在最后才知道姑娘叫米拉达，是伊莱娜重新联系上的朋友当中的一个。从此刻开始，三个故事相互交替的节奏加快了，就好像在走了一段伊莱娜的"道路"和约瑟夫的"道路"之后，我们进了一座森林，道路一下子多了起来，短了起来，形成了一座越来越紧凑而无法分割的迷宫，在迷宫中，所有的故事实际上成了一个，一个复数的、分散的但却和谐的故事，在最后的十章里，就像在《告别圆舞曲》第四天结束的时候，竖起了又一座平行的山峰。

我们所要谈论的这种复调叙述最后、同时也可能是最美轮美奂的展现，是《不朽》的第五部分，它的构成简直有点令人头晕目眩。中心结构使两个发生在同一天的不同故事相互交替，从午饭的时候一直到差不多子夜。一个故事发生在前三章，讲述了阿涅丝在瑞士的最后一个下午，她开车回巴黎的归途，她发生的事故乃至最后她的死亡，孤身一人，在外省的一座医院里。另一个故事开始于第四章，是在巴黎展开的；"昆德拉先生"和他的朋友阿弗纳琉斯教授登场了；他们谈论了不同的话题，先是在游泳池，接着在餐馆，直至最后两个男人在街头分手。阿弗纳琉斯在分手后又投身于他的反魔鬼夜间行动，但是这一次他遭到了逮捕。

两个故事的地位因此完全不同，我们可以说第一个故事是被"插入"在第二个故事里的，因为我们从小说一开始就已经知道，阿涅丝是"昆德拉先生"想象出来的一个人物，他和阿弗纳琉斯在餐馆吃午饭的时候也谈论到了她。但是这样的两分法根本没有妨碍在第五部分快结束的时候，通过划破夜空的惊叫而彼此交会，两个故事连成了一个：实际上，阿弗纳琉斯是在阿涅丝的丈夫保罗住的那条街上遭到逮捕的，而保罗是个律师，在他得知自己的妻子正徘徊在生死之间，要冲向外省那个城市之前，他还以这个身份援助过阿弗纳琉斯。那么，阿弗纳琉斯究竟属于哪个世界呢？一方面，他可以和小说的作者谈话，另一方面，他又可以与小说中的人物发生关联？"真实"是在哪里？"虚构"又是从哪里开始的？

　　这还不是全部。第三个故事又被卷了进来，在原有的两个故事之间建立了一条额外的联系：企图自杀的少女的故事。这个没有名字的人物在第九章出现，是"昆德拉先生"和阿弗纳琉斯谈话时说起的从广播新闻里听来的一个完全不确定的存在。然而，随着小说家和他朋友的猜想、想象，少女的形象渐渐坚实起来，很快变得和阿涅丝与保罗一样"真实"，直至她的故事从与阿弗纳琉斯的对话中完全脱离出来，在某种程度上获得了自主，最后在第十五章和第十七章中，成为一个纯粹"客观"叙述的客体，在叙述中，她的姿势与思想导致了阿涅丝那个致命事故。

即便在某种程度上没有完全摆脱游戏的成分，不言而喻的是，这些叙述交错的伟大壮举首先具备了一种只有它们自身才能完成的语义或认知上的功能。因此，在《不朽》的这个部分插入企图自杀的少女的故事，构成了与阿涅丝的故事的对位法，正是通过这一对位法，为阿涅丝和阿涅丝之死笼罩上一层特别的光芒。当然，两个女人都想要避免"疼痛的自我"（少女）和"痛苦的自我"（阿涅丝），但是她们的愿望不完全相同：一个要死是因为她觉得在尘世之中自己的灵魂被抛弃了，受到了侮辱，而另一个则只是要"逃避、永远地逃避"令她感到日渐陌生的世界和灵魂。但是这两种愿望之间的界限非常模糊，而且两个人物的并置又开启了一个问题，正是阿涅丝本人的一个谜：她的这种想要消失的愿望究竟到了何种程度？既然所有的一切都将她推向"不再有面孔的世界"，她又如何还能继续活下去？简而言之，究竟是什么让她和那个少女想做的一样，熄灭了自己的生命？因为在任何时刻阿涅丝都没有想过死。但是偶然（这也是第五部分的标题）作出了另外的决定：两条故事之线交缠在一起，两个人物交换了彼此的命运，阿涅丝死了，而企图自杀的少女继续活了下去。正是因为这是结合两人之力的偶然：是在阿涅丝的旅程与无名少女的旅程之间的极端不可能的巧合之果，这偶然才更具备了讽刺的意义——因此也就更美，同时，阿涅丝之死也只是几百公里之外两个乐天派饭桌上的话题所带来的一个故事的背景，不是多么重要。

就像这个例子让我们看到的，正是因为这些故事不是完全发生在同样的现实（或虚构）层面上，同一个小说空间内多个故事的相遇——通过交替与插入的方式——才更加激动人心。如果可以说《玩笑》或《告别圆舞曲》里的人物都是住在同一个世界里，具有相同的本体意义上的身份，《不朽》的第五部分则完全不同，"昆德拉先生"和他的朋友所属的世界与阿涅丝和保罗、企图自杀的少女运动着的世界有着本质的差别。

但是可以集聚、融合在小说复调熔炉里的世界之间的差异事

131

实上还要更大。就在人物故事得以展开的虚构世界旁边或内部，其他的世界可能也在开启，并且和虚构世界发生各种形式的联系。我们所能想到的有三种这样的世界：梦的世界，过去的世界，小说家的世界。

梦 的 故 事

梦经常出现在昆德拉的作品中，这里的梦有与众不同的两个特点。首先，这些梦很少只是单纯的视角，它们基本上都是奇遇，也就是说都是叙事，我们可以在其中看到所有叙述的基本成分，情节链、背景、人物，甚至对话。当然，这里的人物、背景、情节和构成它们的时间与因果关系一样，基本上不会遵从平常意义上的真实性准则，但是它们展现的方式却与我们所谓的"真实"故事，也就是说在原初的虚构世界里展开的故事进行叙述的方式非常相近。这个形式特点令这些梦和其他叙述"线"一起平等、一致地进入小说的复调构成，尽管它们属于另一个不同的真实性范畴。

与其他叙述线一致，平等。因为——这是昆德拉笔下之梦的第二个特点——这些梦属于人物得以展现的"平常"现实之外的另一个世界并代表不了什么——它们的吸引力主要也不在于这份奇特性，在昆德拉的小说中，这另一个世界永远不比平常的现实世界更真实或更不真实，更有意义或更无意义。对于梦的叙述在文学上的习惯性运用——一方面是预言性或"心理分析"性运用，另一方面是装饰性运用，昆德拉的小说代之以纯粹美学意义上的处理：之所以钟爱梦的内容，不是把它当成原因、效果或者别的什么东西的象征来看待，而是因为它本身，它本身的那种谜一般的美，昆德拉的小说一直在避免使梦在任何意义上从属于所谓的主要叙述或构成的其他因素。梦就这样获得了完全不输于"真实"故事的存在，在人物的个性化和在对意义的追问中，它们和小说任何别的组成部分、任何别的遍布小说的"道路"一样具有决定性的作用。

这两方本体意义上的领土——梦的领土和"现实"的领土——的平等使得它们之间建立起各种关系，从明显的分隔到使它们几乎无法分辨的相近形式。比如在《不能承受的生命之轻》中，特蕾莎的一系列梦就展现了第一种情况，这些梦在她与托马斯之间故事的边缘组成了另一个故事，内部的、奇怪的故事，这个故事的内容当然会反射到前一个故事里，但是两个世界在叙述上互不混淆，读者对于自己身处哪一个世界非常清楚。在别的地方，对于两者的区分却要经过一阵或长或短的犹豫。首先，我们进入了一个背景和规则都有点不同寻常、不太确定的世界，然后过一会儿，才发现是一个梦的故事，是一个人物的想象之果。这就是在《玩笑》的第四部分开始，雅洛斯拉夫第一次出现的时候发生的情况，就像他正在梦到的故事中的一个人物（我们在接下去的章节里可以发现这一点）。

《生活在别处》同样如此，而且方式更为惊人。梦才开始的时候，在第二部分，那个叫克萨维尔的人物的奇遇仿佛一部完全自主的小说，半搞笑半间谍的影片，插入在雅罗米尔的"现实"小说中，看起来和后者毫不相关。还是一直到后来，甚至是很后面的地方，才揭示了那些奇遇真正的性质和来源：雅罗米尔是在"想象克萨维尔的奇遇，他希望有一天能真的写下来"，这在小说的第五部分得到了明确。但是，突然揭示它们梦的性质，从而将其归入雅罗米尔的故事与世界，对克萨维尔的故事和世界的这份还原、这份消解，却没有阻碍克萨维尔继续存在于年轻诗人的精神世界，直至雅罗米尔临死前，两个人物形象融合成了一个：

> 开始的时候，只有他，雅罗米尔。
>
> 接着雅罗米尔塑造了克萨维尔，他的翻版，通过克萨维尔他开始了别样的生活，充满梦想和奇遇的生活。
>
> 此刻，是该消除矛盾的时刻了，消除梦想状态与昨夜的实际状态之间的矛盾，诗歌与生活的矛盾，行动与思想的矛盾。突然间，克萨维尔和雅罗米尔的矛盾也消失了。

几乎是《超现实主义第二宣言》①的翻版，我们可以把上面这段文字当成反讽来读：对于雅罗米尔来说，现实与梦想之间的距离消失了，可是有什么用呢，这距离永远留在了读者脑中；或者即便这距离真的消失了，不是因为两个世界奇迹般地融合在一起，而是因为"克萨维尔"不再真的存在。不论多么激动人心、多么美，他曾经生活于其中的梦只是"别处的生活"之一，只是用来遮住爱情之中的雅罗米尔的无知的幻象之一。

如果说上面的这种梦的叙述组成了一个界限相对明确的另外的世界，那么，还存在着另外的情况，梦的界限开始融化，梦的成分和奇特流进"现实"世界，引出复合性的故事，而对于这些故事，我们不知道它们究竟是在什么世界展开的。比如《笑忘录》里，塔米娜在儿童岛上的那段日子成为第六部分描述的对象，故事以女主人公的消失结束。这段插曲开始像是"正常"的

---

① "一切都让我们有理由相信，的确，在精神的某一点上，生与死、真实与想象、过去与未来、可沟通的与不可沟通的、高处与低处不再被看成是矛盾的两极。"（安德烈·布勒东，《全集》第一卷，巴黎，伽里玛出版社，一九八八年，七星文库，页七八一）——原注

叙述：塔米娜在欧洲西部某座小城的一家咖啡馆里当女招待，一天她接待了一个"穿牛仔裤的男青年"，看上去和其他客人没什么两样，他跟她攀谈，开始她也没觉出有什么奇怪来。然而，很快，这个有着大天使的名字"拉斐尔"——这个名字引起了我们的怀疑，因为在小说第三部分中的法语教授就叫这个名字——的年轻男子让她上了车，把她带到远离小城的地方。叙述不知不觉中发生了变化，一个新的世界，一套新的逻辑开始运作，与塔米娜到此为止所经历的一切不再有任何联系。塔米娜来到一个全是孩子的神秘小岛上，她既是这里的女王也是这里的囚犯，她是来到小人国的新格列佛，是突然间失去了日常坐标、被迫与不真实的一切斗争的新格里高尔·萨姆沙。很快，恐惧变得无可忍受，塔米娜最终跳入水中，希望重新找回坚实的土地。但不再有坚实的土地，不再有"现实"，噩梦包围了她，卷走了她。从外省小城的咖啡馆，我们已经在不知不觉中到了一个完全幻想的世界，正因为无法确认究竟是"梦"，还是"故事"——小说里用的词——也就是说无法确认究竟是塔米娜的谵妄，还是塔米娜之死的隐喻场面，她已经有过一次企图跳水自杀的经历，正因为这样，这个世界才更加令人困惑。再说，塔米娜是不是"真的"死了，她是怎么死的，对于这一点，我们也无从知晓。能够确定的，就是某种界限被穿越了，或者说被抹去了，而我们偷偷摸摸地从一个世界滑向了另一个世界。但这两个世界中，究竟哪一个是真的，究竟哪一个是塔米娜的世界？

在第一及第二部法语小说中，尽管在某些方面非常现实主义，昆德拉显然带着一种乐趣再次玩起了暧昧的游戏。有点像《笑忘录》的第六部分，《身份》的最后几章也在讲述一次在半熟悉（火车站，英法海底隧道，英国）半幻想（"布里塔尼居斯"的家，小贮藏室，被钉死的门，等等）的空间的旅行，这些空间之间的分界不仅仅是不确定，而且是越来越不确定。因为我们一旦进入尚塔尔和让-马克的噩梦，甚至我们当初对他们之间真实生活的感觉都成了问题。我们在和小说家一起问自己：

谁梦见了这个故事？谁想象出来的？是她吗？他吗？他

们两人？各自为对方想出的这故事？从哪一刻起他们的真实生活变成了这凶险恶毒的奇思异想？［……］究竟确切地是在哪一刻，真实变成了不真实，现实变成了梦？当时的边界在哪里？边界究竟在哪里？

甚至是否存在边界？无论如何，《身份》不知道，它只是让两种笔调自由地相互渗透，就这样，《身份》也许成了昆德拉小说中最卡夫卡化的小说，如果我们接受《小说的艺术》的作者给卡夫卡完成的"巨大的美学革新"所下的定义，认为卡夫卡创造了一种叙述的模式，在这种模式中，"梦与现实彼此相连，混杂，简直到了无法区分的地步"。

虽然不像《身份》里的两个情人那样，急匆匆地冲向噩梦，但两个世界的融合也是《慢》叙述构成的原则之一。基本的现实，第一个虚构世界，在这里被缩减到最低的程度：小说家和他的妻子薇拉在法国乡村的城堡旅馆进晚餐，过了一夜。然而，被"插入"这个故事（或者说非故事）的整部小说就是由纠缠着这座古老住宅、充盈着这个欢愉夜晚的两个对称的梦连接（或者说相对立）构成的。一个是"当代"的故事，将文森特和他的同类推上舞台，这个故事如此喧闹，以致薇拉被闹醒了两次，而另一个故事是对维旺·德农的短篇小说《明日不再来》的重建，整个故事只有静谧、肉欲与慢。早晨，三个世界——小说家和薇拉在他们的汽车里，文森特骑着摩托，骑士坐在马车里的座位上——在各自消失前在城堡旅馆的停车场上有过短暂的交会，现实性和非现实性，都在神秘中得到了交换。

过 去 的 故 事

虽然灵感来自《明日不再来》的《慢》的叙述在某种程度上还属于梦的领域，它同时却属于昆德拉的艺术同样给予选择权利的第三方本体意义上的领土：过去，也就是说欧洲历史上的人物和事件，这些人物和事件也能够和基本的虚构世界或梦幻性质的生灵与叙述一样自然地构成昆德拉小说复调句法的众"线"之一。

对于这种技巧最令人惊叹的展现当然是在《不朽》中，第二部分和第四部分在围绕着阿涅丝和她的亲朋好友展开的、发生在二十世纪法国的小说中引入了一大段发生在十九世纪德国的故事，将歌德、歌德的妻子克莉斯蒂安娜、歌德的崇拜者贝蒂娜·布伦塔诺以及几个与他们同时代的人，其中包括贝多芬，推上了舞台。促动这一跳跃的是阿涅丝从父亲那儿继承来的对歌德诗歌的钟爱，这一跳跃不仅将我们从一个时代带到另一个时代，而且更彻底地，将我们从虚构的世界（阿涅丝的生活）带到了历史的现实。因为对歌德和贝蒂娜之间关系的叙述与那类关于司各特或大仲马——就不要说离我们更近的其他人了——或多或少带点私生子绯闻的"小说化"传记和故事完全是两回事。相反，这里陈述的事实是尽可能准确与严格：都有日期、背景，它们的史料基础（歌德和贝蒂娜各自的文字）也都得到了引用和评论，还有各个源自阐释传统的证词版本（里尔克，罗曼·罗兰，艾吕雅）。如果说它还是属于小说游戏的性质，这个分析性叙述要使所有的方法规则都得到尊重，所缺的，也许只是脚注和参考书目了。

当然，它还缺一样东西，而且是最主要的：对于过去插曲的这种重建，包括在此之前的研究，目的根本不在于了解和解释仅仅作为过去的过去。这一切具有另外一个功能，就是小说特有的、基本的功能：在作品的森林里开辟另一条围绕着意义的道路，意义才是小说里唯一重要的东西。这就是为什么，"历史"叙述与梦的叙述一样，都不能脱离小说中与之发生关系的其他组成部分而独立存在。因此，在《不朽》中，关于歌德和阿涅丝的叙事，分别由仿佛翻版的人物（贝蒂娜-洛拉）、手势（想要不朽的手势）和场景（打碎在地的眼镜）贯穿，组成了一种不可分割的双翼思考，一翼——虚构的——处在类似于我们的时代与存在的时代与存在，另一翼——历史的——处在遥远的、已经没有时间概念的空间，即死者的世界，不朽者的世界。

在《生活在别处》中，也运用了类似的"多时空"结构，在雅罗米尔的周围出现了一群著名诗人的形象，他们的故事如影随形地伴随着雅罗米尔的故事，或者就像来自于过去的光荣回响，而这过去还那么生动，那么临近，以至于在第七部分中，诗人和雅罗米尔合成了一个人，一个有着数千张可变化的面孔的生命，一个时间和地点都无法左右的大写的诗人。雅罗米尔成了莱蒙托夫，莱蒙托夫成了雅罗米尔。因为，的确，莱蒙托夫、兰波、马雅可夫斯基、布勒东和其他诗人都可以帮助我们理解雅罗米尔，反之亦然：雅罗米尔这个假设，也就是说这个人物在一定历史背景下的虚构存在，也反过来在兰波、莱蒙托夫、马雅可夫斯基、布勒东和其他诗人的确实存在上，在所谓现代抒情性的"存在数学"上投下新的光束，照亮他们身上如果不借助雅罗米尔的光束似乎就无法发现的一些方面。

"历史，"托克维尔①说，"是一座画廊，在那里原作很少，复制品很多。"昆德拉，在《被背叛的遗嘱》里谈到托马斯·曼的作品时也说："我们以为在做，我们以为在想，而实际上只是另一个或另一些东西在替我们想和做；远古的习惯，原型，变成了神

---

① Alexis de Tocqueville（1805—1859），法国政治思想家。

话，经过一代又一代的延续，获得一种巨大的引诱力，从'往昔之井'（如托马斯·曼所言）遥控着我们。"小说对于历史的借助根本不遵循历史主义的视野，非常奇怪，它即便不是对历史和历史决定因素的否定，至少也是对一种远比任何进步或者任何历史所"适用"的特定背景都要重要的"生存法则"的肯定——假设的肯定。贝蒂娜的德国确确实实继续在洛拉这个时代的法国"想"和"做"，就像莱蒙托夫的存在在雅罗米尔的存在中延续——和重复——一样。已经一去不复返的过去的世界和今天的世界一样具有现时意义，甚至更加具有现时意义或更加"真实"，因为时间上的距离、已经逝去的性质使过去的世界具有纯粹性和典范性，后继者的手势只是新的序列、新的变奏而已，都在重复或改变一个早在后继者的遭遇开始之前就已经确定下来的主题。作为回忆，作为镜子，过去就这样为现在建起了一道讽刺和阐释的地平线，而这道地平线在使过去黯然失色的同时又使过去焕发光彩。

就像我们已经指出的，同样形式的时间对位法也出现在《慢》中，隔了两个世纪，文森特的情欲之夜与维旺·德农笔下骑士的情欲之夜遥相呼应。但是《慢》中的这种情况与《不朽》和《生活在别处》相比，又呈现了某些不同之处。首先，向过去所借的人物与事情不属于真正意义上的历史，而属于文学虚构，这就令这些人物与事情变得比较脆弱，在本体上具有一种像歌德或者莱蒙托夫这样的"真实"人物所不具备的若隐若现的意味。第二，两个世界的关系不再构筑于它们的相似性之上，而是构筑于令它们对称的东西之上；时间的距离，这一次，宛若一道不可跨越的屏障，树立于文森特与骑士之间。最后一点——而且这一点最为关键，这里追溯的过去并非《生活在别处》和《不朽》里的十九世纪或二十世纪之初，而是属于放荡者的十八世纪，也就是说一个无穷遥远的时代，消逝了的时代，与之所有的延续性仿佛都已经完全中断。

如果我们真的试图从贯穿昆德拉小说的过去的形象出发，从中梳理出激发这些形象的整体视野，我们会发现作者将欧洲历史划分成了两个大的时期，或者更确切地说：是两个完全不同的人类学意义上的时代，其间的分割与《被背叛的遗嘱》中对小说史两个"半时"的划分大致吻合。两个时代之间，它们之间确切的分界点，也就是说在"欧洲历史的正当中"，站着歌德，"完美的中间点，中心"，在他身上，古老的时代结束了，我们现在居住的时代开始了。

严格地说，两个时代中只有第一个时代才构成过去。它对应于前浪漫主义、前黑格尔的世界，这个世界从文艺复兴一直延续到大革命，最具典范意义的具体形象就是唐璜；但是它的领域延伸得更远，在真正意义上的历史之前，远至关于创世的伟大神话的诞生之地：俄狄浦斯（《不能承受的生命之轻》），尤利西斯（《无知》），达夫尼斯和赫洛亚（《笑忘录》），希律王和耶稣（《告别圆舞曲》），还包括《玩笑》中由雅洛斯拉夫青睐的摩拉维亚民歌和众王马队的神秘仪式展现的"那个古老世界"。但是对于这过去，"没有人知道其中的含义和传达的信息"，因为对我们而言，它只是模糊的回声，就好像那化石般的光芒，天文学家在光芒中，在宇宙的边缘，找寻着光芒最初的景象。连接我们与这沉没的大陆，与这永远失去的诞生地的，只能是一种"强烈的怀念之情"——就像扬对达夫尼斯那样——和一种永远被逐出这块土地的讽刺意识。即使一直遥控着我们的现在和人物的现在，这个过去更多还是用来视为一块即便不是消失至少也是无可挽回的沉沦之地，在这里只剩下日渐贫瘠的形象、描摹、鹦鹉学舌和笨拙的模仿，而因为它们的源泉、它们与我们之间相隔的难以战胜的距离被遗忘，它们显得更加可笑。因此，文森特与朱丽的那个夜晚仿佛对骑士和T夫人那个高贵夜晚的无意的、滑稽可笑的模仿。同样，只有参照了唐璜的"历史背景"，哈威尔医生才能够懂得自己"追逐女性生涯的喜剧性忧愁"。总之，在这遥远的过去与现在之间，对位法必须采取反衬的形式。

当我们进入昆德拉历史视野的第二个时代，事情就不同了，因为建立于第一个时代的废墟或者说对第一个时代的遗忘之上的第二个时代，实际上对应于我们的世界，这是一个革命与进步的世界，内在的思考和胜利的自我的世界，贝蒂娜和洛拉、莱蒙托夫和雅罗米尔都属于（适应）这样的世界。因此，如果我们可以说骑士和T夫人是会聚在城堡旅馆的众多人物之中完完全全来自于"陌生"时代的到访者，莱蒙托夫、兰波和贝蒂娜则不一样，他们从十九世纪来到现在的世界，实际上只是在本质上保持不变的同一个时代内部移动。这就是为什么，在《不朽》的天空下，歌德和海明威能用同一种语言交谈。同样，这也是为什么，在《生活在别处》中，雅罗米尔虚构的存在得以展开的二十世纪三十年代到五十年代之间的捷克斯洛伐克，不仅与前一个世纪遥相呼应，也和未来——尤其是一九六八年五月的事件——吻合。因为这三个时刻——伟大的抒情诗人的过去，雅罗米尔的现在，巴黎大学生的未来——实际上是一个时代，一个拥有众多彼此相通的房间的空间，这里汇集着同样的梦想，同样的手势，同样的对连续不断的变化、对超越、对反抗，亦即对结局的浪漫需求。从洛拉到贝蒂娜，从雅罗米尔到马雅可夫斯基，对于小说来说，只不过是到处找寻它唯一的宝藏的方式，这唯一的宝藏即落入"尘世陷阱"的现代人的具体存在，现代人或大或小的欲望、他的爱、他的恨、他对于安慰和拯救不可抑制的需求，也就是说他对于当前存在的无力，给他布下了种种埋伏和罗网。

　　这就是为什么，像某种热衷于作者个人出身和命运的评论所倾向的那样，任何意图在昆德拉的小说中首先找到历史或社会性资料的阅读都只能是一种删减性、错误的阅读。的确，对于二十世纪后半叶捷克斯洛伐克的命运，没有任何调查、任何历史或政治科学的著作比《生活在别处》《玩笑》《不能承受的生命之轻》《笑忘录》和《无知》依次组成的五幕巨幅画卷展现得更为准确、更为具体，捷克斯洛伐克从第二次世界大战直至移民回国的相继各个历史阶段尽显其中。的确，在当代小说中，鲜有比《不朽》《慢》和《身份》所构成的"当代历史"三部曲更残酷、更富喜剧性从而也更准确的对所谓后现代的西方社会的写照。但这种记者以及教授非常喜欢的阅读却是双重背叛了小说的本意：首先，它为小说添加一些小说中没有的元素（特别是小说家故意不明确标明的日期、地名和人名）；再者，更重要的是它歪曲了小说的本意，小说的本意根本不是要讲述某个社会或某种制度的历史，而是要通过这个社会或这种制度所呈现出来的典型场面（比如一九四八年的布拉格，诗人与刽子手结成同盟，或是在意象学家和"舞蹈者"的欧洲，公众目光施行的恐怖）来讲述人的存在。

雅罗米尔，托马斯和特蕾莎，文森特和朱丽，他们的生活得以展开的国家、气氛、大大小小的"历史"事件与现实是否相似毫无意义可言，因为严格说来，它们总是只构成某种背景、某些旁枝末节或某个舞台布景，它们从来都不是画面的中心主题。它们只是扮演存在催化剂的角色，就像《不朽》中浪漫主义时代的德国，或是《不能承受的生命之轻》中雅科夫·斯大林"因粪便而献出了自己的生命"的纳粹集中营。"让那个时代的绘画见鬼去吧！"《生活在别处》的作者喊道，"我们感兴趣的，是这个写诗的年轻人！"写诗的，写过诗的，永远继续写诗的人。

小说家的自我

小说复调的特点就在于，不仅使同样属于虚构的多个独立的声音、故事和人物并存，不划分它们的等级，也不赋予其中的任何一个以优势的地位，而且使一些异质的"线"或现实层面并存，比如在《生活在别处》中，雅罗米尔的世界、克萨维尔的世界和兰波的世界的并存。然而除了这三个世界，这三个叙述的蓄水池——"基本"的虚构，梦，过去——我们还能再添上一个，而且它在本体意义上与前面几个更加不同质，因为从严格意义上来说，它不再属于想象的范畴，而属于"真实存在"的范畴，它不再是将创造出来的或者过去存在的生命推上舞台，而是将所有生命中离我们最近的、最不可辩驳的推上舞台：小说家本人。

这的确是昆德拉小说的另一个特点，我们也可以称作是作者的不隐身，他的存在就在叙述内部通过可以清楚辨别的一种声音和一种思想得到确认，这声音和思想不害怕显示它们的存在，不害怕阐明它们对于所表现出来的世界的看法，但并不因此使作者丧失自己的自主性和现实性。这个特点，是恢复"上半时"小说的口语性，与此同时也是打破现代小说不允许小说家直接出现在小说人物的世界里的禁忌的一种方式，它在昆德拉作品整体中有很多形式的变化。在《玩笑》和《好笑的爱》前两个短篇中，作者的这个"我"没怎么出现，因为这三个故事——昆德拉用传统的第一人称写的仅有的三个故事——可以说已经充斥着同时也是叙述者的虚构人物的"我"。而且，在《永恒欲望的金苹果》中，那个称"我"的人物完全不再是主角，就像在《谁都笑不出来》中或《玩笑》的独白中的情况；他已经几乎就是作者，或者至少是观察者，冷漠而温和的观察者，观察着真正的人物马丁的种种遭遇。此外，我们还可以假设，如果说昆德拉放弃了这种类型的叙述，是因为他很快就发现了其中的局限性：第一人称的运用表面上破除了作者全知全能的把戏，实际上只能使人更加听命于现实主义的幻觉，并且因此更加限制小说家的自由。

还是从《生活在别处》开始，同样，从《好笑的爱》的后五个短篇开始，所有人物的故事都恢复了古老的第三人称的叙述方式。不过，这"倒退"并不表示作者试图隐藏在他所创造的生命后面，或是想让我们相信他的某种"从容不迫"，让我们相信他采取了某种"上帝的目光"。相反，借助于"他"恰恰是使小说家能让语法意义上的第一人称解放出来，得到真正的运用，使小说家可以出现在自己的小说里面。

这样的现身开始颇为谨慎。比如在《告别圆舞曲》中，作者只出现了两次，出现得比较晚，而且都用了括号。《好笑的爱》中间部分那几个短篇也同样谨慎。然而，在《爱德华与上帝》中，作者的介入变得多了起来。小说一开始就已经出现了作者的声音（"让我们从爱德华的哥哥那乡村小房子里开始讲爱德华的故事"），接下去，小说家经常与读者"女士们，先生们"直接对话，有时用"我们"，有时用"我"，这就让小说蒙上了一层不那么严肃的色彩，带点薄伽丘式的味道，成了一个"闲谈者"面对一个默契而有趣的听众生动讲述的故事。

这种技巧的主要效果在于除去与现实的虚假相似性，强调小说人物和事件的虚构或"东拉西扯"的本质，突出作品的游戏性，在《生活在别处》中，这种技巧的运用也非常显眼，但是，在该书中，这种技巧进一步具备了某些特殊的价值。叙述者不再满足于只作为一个超脱的证人出现，仅仅陈述事情，对小说的人物敬而远之，他开始采取一种不再那么克制的态度，为了自己的利益介入故事进程。这样的介入有时是为了反对或修正某个人物的看法（"不过在这点上我们需要纠正母亲的观点"），有时又会就某个主题补充小说人物无法进行的思考。比如，画家的一个朋友表示出对雅罗米尔的兴趣，她说，雅罗米尔让她想起"方丹-拉图尔一幅画中的兰波，兰波在魏尔伦和魏尔伦的同伴中间"，此时插入了一段用括号括起来的文字：

> （我不得不说，这个女人冲雅罗米尔弯下身子的样子是那么温柔残酷，就像彼时冲兰波弯下身子的伊桑巴尔老师的姐姐们，著名的捉虱人，每次他从他那漫漫的冒险之旅归来，他都会去她们家，然后她们为他清洗，给他捉虱子。）

这就好像小说家从单纯的叙述者的角色中解放出来，在某一个时刻成为故事之外的、自主的发话者。成为这样的发话者，或者更确切地说，是不再不出现，不再装出超然和客观的样子，那样的超然和客观只是为了掩藏施加于小说之上的实际权威性。作者发话澄清自己在叙事上的种种决定，当他说"让我们在这里停下来……"或是"在数十个插曲中我们选择了这一个是为了指出……"时，他其实揭开了这个权威性的面纱，同时揭示了所谓权威的完全相对性。最典型的这一类介入出现在第六部分开始，雅罗米尔的"生平"在这里突然中断，出乎大家意料，一个青年诗人不认识、读者也不认识的全新人物即将出现：四十来岁的男人。于是小说家说了很长段话来解释他对自己正在写的这本小说所采取的立场和策略：

　　我们叙述的第一部差不多包含了雅罗米尔十五年的光阴，但第五部，尽管是最长的一部，却只叙述了雅罗米尔一年的生活。[……]这其中的原因在于，在雅罗米尔的岁月长河上，我们是站在雅罗米尔死亡的这个点上观察他。[……]假设一下，如果我们突然地、偷偷地拆了我们的瞭望台，把它搬到别的地方，哪怕只搬开一小会儿！[……]是的，就让我们暂且放一放小说，将小说搬入一个完全不同的人物的思想中，这个人物的思想完全是由别的面团揉成的。[……]我们建立的小说的这一部，与其他各部的关系就像是湖中央的楼阁和整个庄园的关系一样。［……］被我们比作楼阁的小说第六部是在一套单室房中展开的……

在《笑忘录》中，小说家在文本上的这种解放又向前跨了一大步，因此，从这个角度来说，《笑忘录》是一部具有转型意义的作品。需要注意的第一点：小说放弃带有一定普遍意义的匿名的"我们"，采用了"我"这个更加个人、更加具体的称谓。第二点：这个"我"通过命名得到了身份上的确认，即作者本人，"昆德拉先生"，在后来的《不朽》中，"昆德拉先生"又再一次出现，就像我们已经看到的，而在《慢》中，"我"成了"米兰库"。

但是还有。在《笑忘录》中，"我"本身在某些时候成了故事的中心人物。比如，在第三部分和第六部分（两个部分的标题都是《天使们》），与加百列和米迦勒的学习班假期和塔米娜在儿童岛上的逗留穿插在一起的，是仔细标明时间的三个事件：一、一九四八至一九五〇年间被共产党逐出门外；二、在"一九六八年，俄国人占领我的国家不久"，在"我受排斥的那些年月里，我做了成千上万份星象算命"的那个时代；三、一九七一年，与历史学家许布尔的见面，以及六个月后，"爸爸"丧失语言能力、病重和死亡。属于这一类型的还有第五部分插入的一段，作者明确了他写这本小说时的境遇：

现在是一九七七年的秋天，我的国家九年以来在俄罗斯帝国温柔且有力的怀抱下沉睡，［……］我的书被所有的公共图书馆下架，收到一起，密封在国家的某个地下室里。回想当时，我又等了几年，然后登上了一辆汽车，尽可能远地向西开去，一直来到雷恩这座布列塔尼城市，当天就在最高的一座塔楼的最高一层找到一套房子。第二天早晨，太阳把我照醒的时候，我看明白了，那些大窗户是朝东开的，朝布拉格的方向。

这些段落呈现了自传叙事的所有特点，因为自传叙事首要就是作者、叙述者和人物在名字上的同一性。但是不管从修辞意义上看如何，实际上这些叙述段落缺少自传的根本目的，因为这一类文学的理论专家明确说，"将重点放在其个人生活，尤其是其个人故事上"①的叙述才是自传，也就是说，就像那个写作癖大师巴纳卡所说的那样，要把重点放在无与伦比的"内在经验"上。然而，这绝不是小说家要在《笑忘录》中插入关于自己过去的叙述的原因，这些叙述形成小说构成的众多"变奏"之一。它们的作用并非是作者要展现自身存在的独特性或是要"讲述自己的生活"，就像皮皮想要做的那样，而是和小说中其他的虚构故事或真实故事——比如米雷克，妈妈，扬和爱德维奇，尤其是塔米娜的故事，也包括艾吕雅和克莱门蒂斯的帽子的故事——一样，致力于探索吸引作者的主题："抛向身后的目光"，笑，天使们。换句话说，这里在叙述的我不是作为一个陶醉于自传甚至"自我虚构"性坦白、沉迷于自身存在的独特性、想要认识自己同时想要让别

①　菲利普·勒热纳（Philippe Lejeune），《自传契约》（*Le Pacte autobiographique*），巴黎，瑟伊出版社，一九七五年，诗学丛书（*Poétique*），页一四。——原注

人认识自己的抒情主体，而是作为一个小说家的自我，也就是说作为作品的主人，作为正在写就的小说的收受方。这个我叫"昆德拉先生"也罢，在布拉格生活过也罢，一九七五年前后来法国定居也罢，这一切都无所谓，因为一旦脱离了他身处其中的小说，这个我就不再有任何参照对象。那里才是这个我的唯一存在，这个我的一切遭遇都发生在那里。

作品的主人，我们曾经说过。如果说在《笑忘录》里，小说家的"干预"会如此之多，如此之深，那是因为这部小说的构成表现出异质的程度相当高，因为所有的部分——除了第四和第六部分——都是自主、完整的故事，每个故事都有自己的人物，彼此之间没有任何时间上或因果上的联系。于是"我"的功能之一就是在这种表面的差异内部建立一种"声音"上的稳定性或持续性，让我们能够注意到小说的整体统一性。因此，也许我们可以发现这样一条规则：小说的构成越是分散，组成的材料越是混杂，小说家的自我就越是得以存在。最后这一点也在《不能承受的生命之轻》、更在《不朽》中表现得非常明显，在这两部小说中，戏剧连续性经常断开，甚至出现空白，"我"于是在最开始几页就跳了出来："不久前，我被自己体会到的一种难以置信的感觉所震惊……"；"这位太太大概六十岁，或者六十五岁。我平躺在一把……躺椅里望着她……"在《慢》中更是如此，小说家从一开篇就确认了自己的存在："我驾着车，从后视镜中看到一辆车子跟在后面……"相反，在《身份》中，小说家几乎沉默，叙述的连贯性和情节的紧凑性占了主导地位。

然而，即便在《身份》中，这个我还是没能避免，至少在最后结尾悄悄出场："我看到他们两人的脑袋的侧面，被一盏小小的床头灯的光照亮着……"早在《生活在别处》中，小说家的这种自我表现就已经以插入的方式得到了运用，仿佛小说家本人与他的人物同时存在着，和他们居住在同一个世界里，而这也是昆德拉小说的另一个特点所在。这种自我表现，我们在《慢》中再一次见到，当小说家顺便谈到他与蓬特万的同伴之一古雅尔的见面时；或是在他"对文森特的器官直接提出问题"之前，欣赏朱丽的裸体时；再或是在薇拉正在睡觉的房间，他通过窗户瞧着"两人月夜下在城堡的花园里散步"时。这些"人",或者说这些"人物",究竟是谁?刚刚正出来散步的朱丽和文森特?还是就在这一夜早些时候,小说家打开窗,想象着在花园的小径上继续那段"难忘的旅程"的骑士和T夫人?但小说家和自己所创造的生命之间最美妙的相遇大概是在《不朽》中——我们前面已经提到过——当"昆德拉先生"和阿弗纳琉斯谈话的时候——阿弗纳琉斯又跟洛拉熟悉——以及当洛拉和新任丈夫保罗最后过来加入阿弗纳琉斯和庆祝"我的小说"完成的小说家谈话的时候。

因为人物的虚构性自人物出现之初就相当明显,所以这些联系,这种种小说家和他的人物之间用来交换他们的"现实性"(或者说他们的"虚构性")的本体意义上的转移更加扣人心弦——并且更加矛盾,就像还是在《笑忘录》里,人物塔米娜第一次出现时发生的情况:

这一次,为了清楚地表明我的女主人公是我的,并且只属于我(她是我所有作品中最让我牵挂的女人),我要给她起一个任何女人都没有用过的名字：塔米娜。我想象她是一个美丽的高个子女人，三十三岁，来自布拉格。

我在想象中看到她正走在欧洲西部一座外省城市的街道上……

同样，在读者的眼皮底下，在《不能承受的生命之轻》一开始，人物托马斯也是这样出现的："多年来，我一直想着托马斯。但只是在这些思想的启发下，我才第一次真正看清他……"还有阿涅丝，在《不朽》的第二章节中："我醒来时已经快八点半了；我想象起阿涅丝来。[……]我第一次看到她赤身裸体，阿涅丝，我这本小说的主人公。"

因此不可能产生任何的混淆，任何关于萨特所谓人物"自由"的故弄玄虚。塔米娜是"我的"，小说家宣布，这实际上是在说：她来自于我，但还有一点：她不是我。我的什么东西在她身上（"我没有得到实现的众多可能性"之一），但是我并没有完全地躲在她身后，在她作为人物的身份前，我依然保留着我作为小说家的身份和行动自由。总之，我们是面对面的两个人，或者更完善的表达应该是：在这包含我们两人的小说中，我们彼此相伴。小说中，我们是两个声音，两种思想，两个平等的、不能分离的、追寻同一个意义的存在。

小 说 的 思 想

如果说"小说家的自我"的解放可以分散或减弱现实主义幻象，这一解放还有一个作用，那就是在小说内部迁入一个空间，故事的叙述在这里暂时悬置，而另一条小说复调之线得以展开：随笔，也就是说思考类或分析类的话语，直接针对思想、概念、哲学或道德范畴以及社会或政治现象等等。

当然，欧洲小说一直不吝于表达各种思想和思考，但是，这样的思想和思考在作品中，尤其是在"下半时"作品中，经常被弃于从属或次要位置，故事的叙述才是作品的中心，而思想和思考只是一种装饰或多多少少必要的延伸的方法。最常见、最可以被接受的将思想和思考融入小说的方式就是将它们作为这个或那个人物在其遭遇的这个或那个时刻的所说或所想表达出来，也就是说作为与故事发展联系在一起的种种"知性"事件表达出来：这就是我们可以称之为陀思妥耶夫斯基技巧的东西。在小说家"我"几乎不太出现的作品中，昆德拉也会使用这种技巧，此时随笔段落会以沉思或对话的方式出现，但都是由虚构的这个或那个人物来完成的。因此就有了《好笑的爱》中哈威尔医生关于唐璜结局的"大段独白"，或是《告别圆舞曲》中伯特莱夫和他的客人陈述各人对于父亲身份的观念的有趣谈话。作为伯特莱夫客人之一的雅库布是个知识分子，因此特别爱思考，小说中包含的很多段"随笔"——关于美，关于无知和罪恶，关于人的爱憎——都出自他的思考，这就造成雅库布经常被当作小说的主要人物来看待——当然这是错误的，尽管他直到第三天才出现。

在《玩笑》的第四部分，在雅洛斯拉夫的独白里，也用同样的方法呈现了关于摩拉维亚民歌的音乐学小"论文"。但是这几页文字的"功能"色彩显得淡了很多，因为它既非对正在发生的情节的评论，亦非对人物心灵状况的表达。实际上，它几乎没有任何情节上的作用，跳过它的读者当然会丢失主要的信息，但是不会失去雅洛斯拉夫的遭遇之线。换句话说，这一章节以离题形式在小说中引入一段随笔，打破了叙事的连贯性，这段随笔的内容与小说情节和情节发展无关，甚至与人物的心理状态无关，但是它关系到小说的另一个范畴，如果没有它，我们就无法看到小说的另一个范畴，因此，它的存在不仅不是多余的，而且是绝对必不可少的。

其他暂且不提，小说情节的中断在这里其实有点模糊，因为这段随笔是作为雅洛斯拉夫想象中对不在场的儿子的独白出现的。而在小说家离开自己的人物，建立自己的空间，将自己的声音与小说复调"轮唱"中人物的声音并列的作品中，这种中断就显得一目了然。在《生活在别处》的中间部分，这样的处理已经存在，对雅罗米尔种种苦难的叙述经常被关于诗歌、青春和革命的"总"评打断。在后面三部捷克语小说中也是这样，并且这样的处理更加突出。我们可以想想《笑忘录》里作者的思考，不仅仅是对作为小说题目的那两个词，还有更多派生出的其他主题：历史日益急促的脚步，写作癖，托马斯·曼年轻时代写的一个故事里的形象，"力脱思特"。还有《不能承受的生命之轻》的开始两章，小说人物一个都没有出场，两章集中在尼采和巴门尼德、永恒轮回的神话和轻与重的对立上；还有第六部分对于媚俗和粪便的关系的长篇研究。或者我们也可以想想《不朽》第三部分和第四部分对于"意象学"概念和"感情的人"人物形象的思考。在《慢》中（关于享乐主义，关于"舞蹈家"，关于"被选中"的光荣和情感，关于阿波利奈尔的一首诗），在《无知》中（关于怀念，关于勋伯格，关于《奥德赛》），随笔性的离题仍然经常出现，虽然不像前三部小说里那样宏阔。总之，几乎在昆德拉所有作品中，小说故事都不断地被小说家的思考侵入、丰富、渗透，而小说家远远超越了一个单纯的叙述者，往往更像一个"哲学家"，"音乐学家"，"词汇学家"，"文学评论家或理论家"，"人类学家"，甚至是"社会学家"。

在上面这几行文字中，引号是非常重要的。因为所谓的哲学、音乐学或社会学，恰恰是"小说家的自我"所不愿为的。如果说进入小说构成的随笔有可能涉及这些学科认为是自己研究对象的东西，有时会借用它们语汇中的某些元素，两者的方法和目的却完全是两回事，甚至是完全相反。这里所陈述的思想和由此而得到的认知不是为了任何一个具有普遍意义的论题，不遵守任何推理的准则和"科学"的论证，从来不需要证明什么，得到什么样的结论。它们的方式是无限开放和无限探询的方式，是流浪和悖论的方式，也就是说通过意料之外的道路永远追寻真理的方式，这真理永远在我们的掌握之外，永远捕捉不到，永远没有办法用任何固定的形式表达出来：就像萨比娜和弗兰茨交流的那些词一样，永远只能是"不解"的真理，也就是说不断变化的、多种多样的、不确定的真理。简而言之：小说的真理。

而我们在读昆德拉小说中的所有这些随笔——或随笔片段——时，采取的也应当是这样一种方法，不管这些随笔是借助小说人物的思想或话语，还是作者以自己的名义思考。以作者名义进行的思考有时采用中立的解释语气，有时语气又更为私密，是小说家的"我"的回忆或思考，有时又采取社会或政治批评的语气，但它们并不因此与小说人物所表达的思想有什么本质的不同，或者因此比起小说人物所表达的思想来，仿佛不属于小说的虚构和不严肃领域。所以，即便直接来自于小说家本人，没有经过小说人物的思考，《不能承受的生命之轻》某一章陈述的关于放荡的和浪漫的追逐女性者的理论比起哈威尔医生关于大收集者的理论来，并不更加"客观"，也不更加"有效"，或者有别的什么质的区别。两种情形之下，我们看到的都是《小说的艺术》的作者所称的"小说特有的随笔"，也就是说"在小说之外难以想象"的思考，它被包含在小说之中，是小说决定了思考的形式和内容。

这并不是因为这些随笔不具有认知的意义，或是这里构建的思想不足以给人启示、对世界作出解释。恰恰相反，关于两类追逐女性者和大收集者的理论都是概念性的发现，具有无可争议的价值和美，就像昆德拉小说中其他很多类似的涉及审美、情欲、道德、社会政治的理论和定义一样。这些概念，这些思辨，往往具有悖论的性质，具有强烈的诗意和讽刺的意义（这可能是一回事），但是在任何情况下都不能脱离它们所处的背景，被当成抽象的、在任何时间地点都具有价值的认知整体来看待，否则就会失去定义它们的本质所在，也就是说它们得以根植于某一特别的具体存在，某一个人物，还有某一个特别的世界——小说世界——的所在。存在和世界的复杂性要求借助于随笔的阐释功能，但在最后的分析中却又总是避开了，这样，小说的思想和它可以产生的所有理论必将具有一种无法超越的相对性和未完结性。

如果说真的像受到布洛赫启发的昆德拉说的一样，"一部小说，若不发现一点在它当时还未知的存在，那它就是一部不道德的小说。知识是小说的唯一道德"，并不意味着这里的知识与哲学和科学的知识具有相同的性质，并不意味着它要以某种真理性的、判断性的方式表达出来，压根不是。这只能是一种困惑的知识，永远贯穿着无知、矛盾和迷雾；是关于世界与存在的不可认知性的知识。但这也不是说一部小说中包含的随笔部分就享有某种特权，因为它比任何其他因素更适合完成小说认识论的使命。相反，"小说特有"的随笔，哪怕通过小说家的直接介入表现出来，其要旨在于不独自展开，不只遵循着它本身的逻辑，而是永远处在"一个人物的磁场中"，有时解释这个人物思考或可能思考的东西，有时又像昆德拉在《小说的艺术》里所说的那样，解释"在我自己脑海中发生的事情"，当我面对某个人物时，"我试着一步一步地靠近他态度的核心，去理解他的态度，为之命名，从而把握它"。就这样，随笔总是紧密排列在叙事之中，与叙事一起并存于小说内部。紧密排列，也就是说受到叙事的支撑、激发和补充，但同时也受到相邻叙事的制约和抗争，受到随笔与叙事之间关系的制约和抗争。

在大部分现代小说家的笔下，如果——这样的情况应该说比较少——作者本人在小说中发言，小说的叙事让位于某些思想的单独陈述，这种陈述通常或多或少还会在小说的其他部分得到体现。例如在《战争与和平》尾声的第二部分，那些关于历史学的思考就是如此。还有在《梦游者》第三部中，关于价值贬值的论述也是这样，尽管在这部作品中，同化的意图更突出一些。无论这些思辨性的论述多么清晰，就构成和文体而言，它们很大程度上在各自的小说中都是异质，仿佛叙述和思考在小说中是分开的、几乎不可兼容的行为。然而，在昆德拉笔下，随笔（或者众多随笔段落）从来都不会连成一片（像托尔斯泰那样）出现，也从来不会作为一系列专门章节（像布洛赫那样）出现，在他笔下，随笔都是以一系列分散的思考性离题和暂停的形式出现的，与叙事系列紧密交织在一起，而叙事本身也是不连贯的、多重形式的，这样就造成了两个主要后果。

第一个后果就在于，和故事纠缠在一起的思想之线在某种程度上受到故事的感染，本身也具有了故事的一面，在其他故事中或者和其他故事一起展开。卸去论辩性话语的束缚和装饰特点，思想之线成了某种知性的叙述，主角是和小说主人公一样无法预见，一样生动，一样具有多重价值，一样承载着变形、交流、排斥和冲突，总之一样"小说性"的字词、主题和概念。比如，在《笑忘录》中，最为常见、最像谜的"人物"之一，毫无例外地贯穿了所有故事、具有多种姿态和面孔的人物，难道不就是那个叫作"遗忘"（于是还有记忆）的词、思想？它是谁？遗忘究竟是什么，它代表不幸还是福音，应该抗争还是应该爱它？合上这本书时，没有人能够回答，到故事结尾，我们还是不知道塔米娜究竟应该记得还是忘记她死去的丈夫。

　　将小说随笔与叙事紧密排列的第二个后果：两种方式之间紧密的相互依存关系，没有任何一个处于附属的地位。的确，思考越像是来自于叙事，越像是作为解释和补充叙事的"说明"被插入在叙事之中，叙事相反就越像是服从于思考的需要，并且会延长思考的进程。这正是因为第一角色并不专属思考或叙事当中的任何一方。思考和叙事，随笔和故事，思想和存在，于是就这样手挽着手，而小说的带动力和它所带来的知识一样，不会完全存在于两方的任何一方，既不完全存在于人物的种种磨难之中，也不完全存在于小说家的思想之中，而是存在于整个思考性叙事（或叙事性思考）之中，作品的所有部分都参与这思考性叙事，所有部分都是完全平等的、完全不可分割的，就像复调乐曲中各个声部之间的关系一样。

主题的统一性

"在一部小说中,"弗吉尼亚·伍尔夫写道,"有故事,有喜剧,有悲剧,有评论和信息,有哲学和诗歌。小说的魅力之一就在于它涵盖的范围如此之广。"①的确,我们可以说,这一点始终是小说的一个自然倾向——也是小说生命力的主要缘由,抛弃所有的"纯粹性",所有将小说困在关于小说本身和小说领地的标准定义里的做法,相反,永远不停地占据周边的各种文学种类,各种话语,各种形式,不管它们表面上多么不相干或者多么抵触,最终将它们吸纳进来,将它们变为自己的物质,并且藉此不断扩大"涵盖的范围"。昆德拉的复调随意增加复调之"线",并不因为这些线的多样性,甚至是一开始就使这些线看上去无法并存的异质性而停滞不前,它所做的,在某种意义上,其实就是继续这

---

① Virginia Woolf,《小说的阶段》(*Les étapes du roman*,一九二九年),收录于《小说的艺术》(*L'Art du roman*),罗斯·塞利(Rose Celli)译,巴黎,瑟伊出版社,一九六二年,页一四四。——原注

百年扩张运动，将之推进到迄今为止都认为是无法占据的领域。任何对象，任何笔调，任何言语，任何东西都不会先天地被逐出小说世界，也就是说任何东西都不会被剥夺复调的潜力：不论是思想的工作，还是历史、文学或音乐的分析，还是小说家的个人经验，以及梦的"非现实性"或在不真实的不朽者王国里可以听到的"死者的对话"。

　　但是这种延伸不仅仅、不主要是量上的。这不是简单的合并，将那些总是为数众多、混杂多样的不寻常材质集聚在同一个小说空间里，以所谓的"杂交"、"颠覆"的名义，仅仅为了"摧毁"小说原本在语言上的同质，引起传统小说码的"爆炸"，也就是说将小说从它本身的形式中"解脱"出来。昆德拉的复调包含了变化、自由和开放等所有的原则，唯独不存在停止混乱。相反，我们可以说，昆德拉的复调对小说艺术的主要贡献恰恰在于使看起来最灵活、最轻盈，实际上却是最深刻、最严格的秩序的建立成为可能、成为必需，这秩序，昆德拉把它叫作"主题的统一性"，他把它当成自己整个写作的第一准则。

这个准则规定了什么？如何定义主题的统一性？从一个最基本的层面（语义层面，我们姑且这么说）而言，它只是表明小说提及的所有主题之间一种连续关系的存在，小说就是这些主题相遇并且交换各自涵义的地方。但是从更广阔的范围来说，它还表明了一个共同主题的存在，这个共同主题存在于整个作品中，毫无例外地存在于作品的各个部分中，不管这些部分占据什么样的位置，涵盖的范围如何，类别如何，叙事功能如何，本体意义上或虚构意义上的地位如何，它们都只是这个共同主题的特别变奏，这个共同主题使它们彼此之间得以交流，得以相互补充。这个主题究竟建立在什么之上？这部或那部小说的主题究竟是什么？对于这个问题，我们只能用循环的方式来回答：小说的主题只能是小说本身，也就是说组成小说的所有"线"，如果超出了这些线，这个主题无法定义，甚至可能不存在，就像阿涅丝的群山，它是阿涅丝散步的地方，但是只有穿过遍布山间的道路，这座山才能够被感知。换言之，主题不是某种外部的、事先就已经存在的条件，我们无法将它从它具体的实现当中剥离出来，也无法用小说之外的语汇来表达它，来"换言之"。《玩笑》,《好笑的爱》,《笑忘录》,《不能承受的生命之轻》,《不朽》,《慢》,《身份》,《无知》：所有这些小说的题目——同样包括小说各部分的标题:《天使们》,《边界》,《灵与肉》,《伟大的进军》,《脸》,《斗争》,《偶然》，等等——的确都提供了某些指示，但是这些词没有圈定任何确定的内容，任何能够归纳、概括——因而代替——它们背后的文本的判断。它们的作用只在于划出一方领土，勾勒一个语义上的轮廓，小说（或者小说的各部分）就在这个轮廓内展开，追逐不停迁移、逃跑、接近、然后又逃跑，每时每刻都在呈现又在千变万化之中避开的意义。一句话，小说的主题就是一个看不清楚的、无法确定的发源地，但是它始终在那里，所有组成它的变奏正是在它的引力之下不断重现，不断变化地围绕着它运转。

于是，但这一次是在形式层面，主题统一性的准则就意味着小说的构成主要——即便不是完全——建立在它的主题上；意味着主题——而不是情节、人物、背景或"环境"——决定小说的结构，管理小说的整个构成，赋予小说以某种紧密的逻辑，对于小说的美和力而言，这种逻辑是不可或缺的。

当然，在小说历史上，还没有任何堪当"小说"之名的作品曾服从这条准则，也就是说还没有一部真正的小说也可以被当成某一个主题或主题集合的逐渐展开来读，这个主题或主题集合连接各个不同的部分，让它们彼此解释，使它们共同致力于某一个意义的产生，而这个意义源自每一个部分，又超越了所有这些单独的部分。主题统一性，换句话说，可以被看成是任何小说构成的结构原则之一。但是它很少成为唯一的原则，甚至很少成为主要原则，它的存在和在构成上所扮演的角色在绝大部分时间里让人觉得是处在次要的、间断性的地位，仿佛它就该是遮遮掩掩的，或是只作为附加而存在，只限于扮演陪衬的角色，叠加在其他那些更具决定性、更为显眼的因素之上，比如情节、人物、声音或环境的统一性，它们的统一性比起主题统一性来说远远占了上风，最终将主题统一性扔到了次要的地位。然而，昆德拉的主题统一性准则彻底颠覆了这个秩序。它不仅仅将主题昭示天下，而且将它从次要的地位解放出来，让它在作品的构思和写作中扮演最主要的角色，使它成为小说结构中最显著、最直接、最具"强制性"的因素。小说从此以后不再也是对主题的开发；而首先、第一就是对主题的开发，甚至只是这种开发本身。

这样的颠覆意味着什么？尤其是两点。首先，它意味着一部小说的所有部分，每一个叙述性的、描写性的、推论性的或是其他进入小说构成的"分子"只是从它与小说阐明的主题世界的关系中获得存在、意义和价值，不管它所对应的情节或者观念上的必要性如何。因此这既关系到一种清除的规则（一切没有主题功能的都应该被删除），同时又关系到一种开放的规则，对前所未见的可能性开放巨大的空间，因为一切能够丰富主题或阐释清楚主题，一切能够构成新的变奏的东西在小说里都享有充分的被纳入的权利。

主题统一性，简而言之，就是统率复调、使复调成为可能的东西；它赋予复调秩序，给予复调得以展开的空间；没有它的存在，复调只能是不和谐的音乐。反过来，体裁、声音和世界的多样性又是主题统一性最为典型的手段；通过它的多种多样，通过它带进小说结构的不断变化，这种多样性不仅仅培育、丰富主题的展开，而且防止读者的注意力滞留于它众多因素中的任何一个，防止读者仅仅被这一个因素迷住，每时每刻都将连接众多因素的主题的存在与魅力昭示天下。

强调主题统一性的首要性还会带来——即第二点——构成小说的一种全新的方法。如果小说首先被定义为对主题的思考，如果小说的统一性首先来自于主题，那么它的形式和写作就不再能够遵守小说体裁惯常的准则。这些惯常的准则当中最主要的，当然是叙事或情节的统一性，叙事或情节的统一性已经成为——并且继续成为——现代小说重要甚至唯一的准则，它强迫小说几乎只能成为叙事的艺术，以情节的发生和展开为中心，情节既是统一的（通过作为主体的"主人公"的存在），又是连续的（通过它在时间上的记录），它按照逻辑的发展循序渐进，历经种种危机磨难，有时后退，有时前进，最终到达结局，而小说也就此结束。在这张构思之图上，有很多线索、很多形象被创造了出来，而且在继续被创造出来，通常这些线索和形象非常复杂，非常美丽；但是基础的准则差不多永远都是这样一条，不管其表面上如何变形，如何难以辨认：如果没有故事，没有一连串遵循秩序的事件，也就是说没有对某个人的遭遇或命运的叙述，小说就不能成其为小说，不管它所包含的一切多么有意义，多么丰富。

昆德拉的小说不缺少叙事的因素——对一个或几个人物的生活的叙述，从来都不缺少。尤其是在最初的几部捷克语小说里，即《玩笑》《生活在别处》《告别圆舞曲》，还有后来在《身份》里，情节的发展都占据着重要的位置，并且将某些策略运用得出神入化，在《好笑的爱》的叙事以及其他小说的某些纯粹叙事的部分也是这样。这一点是如此突出，以至于我们可以说，昆德拉的所有小说，甚至第二部分的捷克语小说，包括《笑忘录》在内，都不可能完全没有人物、没有情节，像新小说想要做的那样。《不能承受的生命之轻》也是托马斯和特蕾莎的故事，是萨比娜和弗兰茨的故事；《不朽》也是阿涅丝、洛拉、保罗和鲁本斯的故事。昆德拉艺术的独特性不在于摧毁情节准则，而在于剥夺情节准则的统治权，让这个原先习惯于将一切置于自己之下的准则服从新的准则，即主题统一性的准则，就这样，这个曾经做过主人的准则，和其他准则一起变成了仆人。

废黜情节的统治权通过至少三种方式来表现：

首先，在小说的总体构成方面，它表现出拒绝给予情节，也就是说拒绝给予小说人物的姿态、话语和思想以及发生在人物身上的事件的叙述以某种优先权，不管这些东西多么富有戏剧性，多么引人入胜。按照复调平等的要求，作品的其他因素也有权得到同样的对待，同样的关注，在作品构成上具有同样重要的位置。

其次，这一次是在叙事内部，不再只有——同样是根据平等的原则——唯一或主要的情节自始至终连续不断地展开，取而代之的是一系列多重的、错综复杂的情节，往往彼此独立，或者完全是暂时性的，但其中没有一个可以说是主要的，而其他的就是附属的或是次要的。对于人物也是一样，在众多人物中看不到真正的"主人公"，也就是说唯一或主要的主角，小说的情节只取决于这个主角的命运，其他人物都只作为"反面人物"或"辅助人物"，多多少少被剥夺了自己的存在、意识和价值。

最后，第三种方式，是针对叙事写法本身，表现出对以往结构的放弃，或者至少是冷落。以往的结构建立在事件的逻辑-时间排列和等级关系上，这些事件的等级关系由它们各自在因果序列里担任的角色决定，情节统一性和情节渐进正是通过这样的因果序列建立于完全的"真实性"之上。放弃了以往这种结构，昆德拉的叙事非常欢迎"偶然"、"巧合"，也就是说因果关系的破裂和中断，同样，比起精心准备的"大场面"，昆德拉的叙事更喜欢细节和插曲。这就是由于它对情节或事件的关注不是因为它们的戏剧性，而是因为它们在主题上的价值，也就是说因为它们得以与或远或近，甚至与它们本身所属的叙事之线或多或少无关的其他情节或事件联系在一起，并且得以与作品所有非叙事部分联系在一起的语义或象征关系。

为 插 曲 平 反

所有的小说情节，简而言之，都趋向于被当作"插曲"来看待，也就是说多多少少临时性的、突然出现的意外事件，就像《不朽》里明确的那样，"游离于故事因果链之外"，因而，"插曲可以省略，而不至于使故事变得不可理解"。对此，昆德拉笔下的叙事不仅不会避免，甚至还饶有兴味地追求这些"不主要的"插曲，之所以钟情于此，那是因为如果省略了这些插曲，尽管情节得以连贯，作品最为珍贵的空间却有可能受到损害，或者变得模糊不清，作品最主要的意义所在也会变得"不可理解"。换句话说，插曲的确违反规则地延迟、悬置了故事的展开，对故事的展开置之不理，甚至破坏了故事的展开，但是，对于主题的揭示而言，它却是绝对不可缺少的。

《生活在别处》的第六部分当然是我们在这方面所能提供的最好的范例之一，这一部分的内容与雅罗米尔的故事不可能再有任何关系，因为从时间上来说是在雅罗米尔死后才发生的。但是四十来岁男人的生活构成的这个插曲与雅罗米尔的主题形成了一种关键的对位关系，因此必须在诗人死去前进行叙述。这方面同样明显——即便算不上更加明显——的还有《不朽》中叙述鲁本斯与阿涅丝之间关系的第六部分，以及《不能承受的生命之轻》中叙述托马斯和特蕾莎隐居乡间照顾病弱的母狗的第七部分。只是与四十来岁的男人不同的是，这两个部分中的人物在小说的其他部分也占有重要的位置。然而，因为这两个部分都是在人物死后进行的，也就是说它们的叙述是在读者已经得知上述人物死亡之后展开的（阿涅丝之死在小说第五部分得到了详尽的叙述；托马斯和特蕾莎之死在小说的第三部分就已经提到，在第六部分又再次提及），所以它们的插曲性质更为明显。这些事件（与鲁本斯的相遇，卡列宁的微笑）对于理解人物命运而言，过去没有、现在也没有任何必要性，因为它们在人物的命运中不扮演任何特殊的角色，也不是其他某个事件的原因或结果，甚至不是人物死亡的原因；这是些"纯粹"的事件，突然降临到人物身上，完全"游离于［人物］故事因果链之外"。但是，如果小说在这些地方搁置下来，邀请读者——已经知道情节接下去的发展，知道阿涅丝以及托马斯和特蕾莎最终命运的读者——也停下来，不在乎它们在功能上附属或多余的性质，如果小说一定要在情节展开的此时此刻搁置下来，那是因为这些将叙事从直线道路上拉出来的叙述插曲，这"迈向旁边的一步"，同时包含了——正是出于这样的原因——无法预估的意义的矿脉。这就仿佛是小说挣脱了叙事的必然之链（叙事逻辑而连贯的发展），终于可以自由地投身第一准则：主题的召唤，就好像一口井突然裂开，井中喷出最深层的意义，涌向地面。

但是，没有一部小说比《笑忘录》更能展现这种为插曲的平反，就像昆德拉本人所说的，在《笑忘录》中，"主题的统一性完全取代了情节的统一性"[1]，也就是说在这部小说中，构成——"以变奏形式"——完全建立在对唯一一个主题情结的重复和深化上，超出了一切情节，一切原本应当连接小说不同部分的中心的、连贯的情节的范围。的确，这部小说各部分之间不存在任何因果或时间关系，除了最低限度的一种关系，即第四和第六部分之间的关系，它们是在同一背景下展开的，出场的是同一个人物：塔

---

① 《〈好笑的爱〉捷克语版按》，收录于克·赫瓦季克《米兰·昆德拉的小说世界》，见前文注释，页二四三。——原注

米娜，因此可以被当成塔米娜故事的两个相继时刻来读。而小说的其他部分，每个特定的叙述，每个故事，《失落的信》中米雷克的故事，《妈妈》中卡莱尔的故事，《天使们》中加百列、米迦勒和萨拉的故事，《力脱思特》中大学生的故事或是《边界》中扬的故事，这些从情节的角度来说，都是纯粹的插曲，而因为在这里没有任何可以将它们联结在一起的共同情节，它们显得更加"无凭无据"；我们甚至可以说这些插曲就好像一句话中用括号括起来的部分，原本可以隐去。但是这句话是叙述性质的话，仅此而已。因为这些括号部分同时组成了另一句话，这另一句话是主题性质的话，而在主题性质的话中，每一个插曲都扮演着不可替代的角色；只是使它们成为整体的句法与通常小说所求助的句法具有不同的性质。

从这一种新句法的角度而言，《笑忘录》无可争议地成了昆德拉作品中最为大胆的作品，因而也成了某种极限。但它同时也是一部转折性的小说，因为在接下来的两部小说《不能承受的生命之轻》和《不朽》中，降低叙事的价值、听从于主题的需要同样十分突出，尽管形式上不再像《笑忘录》一般极端，可以这么说，但是从小说整体的构成而言，却起到了同样的支配作用，在后来的《慢》和《无知》中，这样的情况又再一次重复，只不过程度上更为集中，更为"快速"。转折性的小说，同样还因为《笑忘录》往回照亮了在它之前的小说，在先前的这些小说中，尽管也许主题句法并没有占到第一位，但是它同样出现在小说之中，并且和叙事逻辑一样有力地——即便不比叙事逻辑更有力地——决定了叙事的构成和展开。在《被背叛的遗嘱》中，昆德拉谈到他曾想把《笑忘录》当成"《好笑的爱》某种意义上的第二卷"来写，可是很快就意识到自己"正在写一些全然不同的东西"，也就是说一部完全建立在主题统一性上的小说。但是这个发现又反过来影响了昆德拉对《好笑的爱》的看法，在他看来，《好笑的爱》短篇小说集形式的构成像是"预演"了《笑忘录》中确立的新的美学。而这样的再阅读同样非常适用于《玩笑》，适用于《生活在别处》以及任何一部像《告别圆舞曲》一样情节紧凑的作品。即使这些小说具有非常明显的情节连贯性，即使这些小说的叙述似乎非常符合时间和因果的顺序，它们仍然不失为以自己的方式、"以变奏形式"构成：不仅仅因为这些小说中"插曲"频繁（比如在《玩笑》中，关于路德维克和露茜爱情的叙述，以及考茨卡的独白），更是因为情节的每一个时刻，每一个场面，甚至对于故事的逻辑发展而言最为必要的时刻和场面，同时也都服务于主题的"展开"，也就是说服务于某个主题，某种思考，一系列"贯穿整部小说的，从不同角度被照亮的存在问题"①的重复和深化。

章 节 的 艺 术

用"句法"这个词来指这种新的小说构成艺术也许会造成一定的混淆，因为这个词首先是指一种线性的连接关系（尤其是句

---

① 《〈好笑的爱〉捷克语版版按》，收录于克·赫瓦季克《米兰·昆德拉的小说世界》，见前文注释，页二四三。——原注

子相继各成分的线性连接关系）。然而，建立在复调异质性和主题统一性上的"道路小说"的特点正在于摒弃一切线性关系、一切水平关系，尽量不以链的形式出现，而是展开，也就是说像是一个多维的空间，在这个空间里，关系——语义上的和形式上的——逐一建立于各个方向：从前到后，从部分到整体，但也从后到前，从整体到部分，从每一个部分到其他每一个部分。"在一部伟大的小说中，"于连·格拉克写道，"与不完全严密的真实世界相反，没有任何东西处在边缘——哪里都没有并列的位置，到处都只有连接［……］。就像一个机构，小说中存在着繁复的交换关系［……］。它的秘密在于创造一个同质的领地，一个充斥着人和事的小说的苍穹，这个苍穹向各个方向传递着震动。"①

如果说昆德拉的小说在很大程度上得益于音乐，就像他本人经常宣称的那样，它的结构原则也非常接近那种充满"震动"、

---

① Julien Gracq，《注释》(*Lettrines*，一九六七年），见《全集》第二卷，巴黎，伽里玛出版社，七星文库，一九九五年，页一四九至一五〇；变体为原文所有。——原注

"交换"和非线性关系的出色的诗歌艺术。在诗歌文本中，的确，意义和美——彼此间难以分辨——与其说来自词语、形象和声音的继续，即它们中的一个消失，让位于接上来的另一个（"并列"），不如说更多地来自词语、形象和声音于某种风景之中的同时存在，这些词语、形象和声音每时每刻都在通过协调、对照、精炼组成和重组，协调、对照和精炼使得每一个词语、每一个形象、每一个声音都成为其他词语、形象和声音的变奏——意即重复和变形，不论这些词语、形象和声音之间的距离是相近还是遥远（"连接"）。然而，这也正是"道路小说"所要求的阅读——或者更确切地说，是不断的再阅读，在"道路小说"中，不应该奔向结局，而是应当慢慢地走在一座"继续着，而且总是在变化着"的森林里，时不时小憩一下，不断转弯，接连呈现的，是意料之外却又亲近熟悉的成为一体的视野和回声。因此，即便《生活在别处》的作者被认作诗人的敌人又如何呢，他作为小说家的艺术就是在对诗歌的力量与创造表示敬意。

再者，从这个角度上说，相近的不仅仅是"空间"构成的美学，还有昆德拉小说运用的写作方式：写作方式本身就是非线性的、分散的，喜欢省略、中断、突然的变化，这种写作方式所致力的，不是制造由唯一素材构成的文本，而是，我们可以说，像创作一幅镶嵌画那样，将各种离散的，变化多端的，彼此分散却互为补充的，因各种关系、各种对照联系在一起的元素组合起来，读者必须不断地发现，就像在读一首诗，或者更确切一点，是在读一本稍作布局的诗集时所能感受到的那样。比起通过相等而连贯的"长河"①建立的现代小说样式（我们可以说巴尔扎克式的，普鲁斯特式的，乔伊斯式的），昆德拉的小说更接近《项狄传》和流浪冒险小说，在形式方面，这种不连续性技巧当然是昆德拉小说又一个贯穿始终、给人以强烈印象的特点。因为它同时满足了多样性和统一性的双重要求。这种一片片地处理小说文本，为文本增加许多中断，使文本变得断断续续的方式不仅可以让人分清

---

① 对于统计数字的爱好者，我们不妨回忆一下，斯特恩五百七十七页的小说分成九"卷"三百一十二"章"（加尼埃-弗拉马里翁出版社，一九八二年）；《吉尔·布拉斯》包含十二卷一百三十三章；菲尔丁的《汤姆·琼斯》有十八卷二百〇八章。——原注

组成文本的不同的"线",更使得各条"线"都可以得到尽可能平等的对待,尽可能地处在一种同时性里,也可以保留它们各自的"主动性",在任何时候都能够与其他"线"相互交错或者相互交替。这种不连续性写作方式,简而言之,是复调连续性本身所要求的方式。

开始时,在七部捷克语小说中,这种方式首先表现在各部分的划分上。我们知道,昆德拉的小说总是被划分成奇数的部分(七部分或五部分),每个部分都有一个确定自身主要主题的标题(除了《告别圆舞曲》)。在同一部小说中,各部分的长度可能相对相等(比如《笑忘录》),或者通常就是长短不一,这样可以造成不同的起伏和平衡的效果。但与大多数划分为部分的小说不同的是,这里对于各部分的划分并不主要只服从于或是主要服从于时间上或素材上(某个或某些具有优先权的人物,时代,叙述的事实等)的要求,而是也——并且也许越来越是如此——服从于形式上的考虑,每个部分与其相邻部分因在长度、在占主导地位的笔调(叙事性的或随笔性的)、在风格(讽刺的、平淡的或激动的）以及在节奏等等上不同而区分开来。以至于从一个部分到另一个部分，每次都是进入一个新的领地，经常出乎意料，时间、气氛、地形突然之间发生变化，但仍然是同一个"小说的苍穹"，不断丰富着，永远取之不竭。

然而将小说划分为部分只是这种不连续性的第一个方面，也可以说是最外在的方面。更为引人注目的是第二层连接方式的存在，即文本的补充性划分：每个部分接着被划分成小节，昆德拉称之为"章"。这些小节之间分得清清楚楚，有时通过编号，有时通过标题，它们是昆德拉作品的基础单位，这就解释了为什么在后来三部篇幅过短，无法划分为"部分"的法语小说中[①]，我们再次看到了它们（通常是五十小节左右），甚至在《小说的艺术》和《被背叛的遗嘱》中也是如此，而这两部作品，尤其是后一部，都是建立在思想的复调展开之上，我们或许可以称之为"道

---

① 从这个角度来说，其中比较特别的是《玩笑》第一部分，没有划分为"章"，同样特别的是构成《好笑的爱》第"Ⅳ"部分的《座谈会》，划分为五"幕"，五"幕"又划分为三十七个各具标题的小节（场景）。——原注

路随笔"。

通过它所偏爱的这种连接，部分划分为章的方式使完全不同的构成方式得以组合在一起。我们只举一个例子，《不能承受的生命之轻》。小说的三个偶数部分（第二部分，第四部分，第六部分）不仅包含章数最多，而且章数完全相等（都是二十九章），奇数部分则分别包含十七章（第一部分）、十一章（第三部分）、二十三章（第五部分）以及区区七章（第七部分）。而且，如果说小说中各章的长度有很大不同（展开最多的占到十多页的篇幅，最短的则不到一页），每个部分中，就不是这么回事了，在各部分中，不管包含多少章，每章长度与平均长度相差却只有很少一点：第一部分每章三页左右，第三部分每章六页附近，第七部分七章每章大约七页。然而，这些不同的"变数"（各部分的长度，章的数量，各章的平均长度）结合在一起，为每一部分烙上了各自所特有的情感氛围和节奏：两个长度相同的部分，根据它们是被划分为相当数量、长度较短的章还是数量较少、长度较长的章，产生的效果不同，赋予各部分所承载的意义的色彩也不同。因此，还是在《不能承受的生命之轻》中，尽管第一部分和第七部分的页数相同（都是四十七页），但一个部分被划分为十七章，另一个部分被划分为七章，它们之间就形成了一种对立的关系——从快到慢，从轻到重，这种对立的关系强化、彰显了小说向我们说的托马斯的演变。相反，第二部分和第六部分在结构上的亲缘关系——两个部分都是五十八页，都被分为二十九章——让我们"看见"了小说没有"说"的东西，也就是将特蕾莎和特蕾莎一无所知的弗兰茨的存在连接在一起的某种神秘的平行关系。①

昆德拉笔下每一章都受到单独的对待，具有高度集中的特点，也就是说趋向于简短和最大范围的表达性。这一点尤其令我们想到诗歌：通过几页纸，甚至几句话，诗歌呈现给我们一个完整的小世界，内容可以是一个场面，一种思想，一个形象，甚至只是一个简单的手势，一个词，一句单独的话。它有时是戏剧化的，有时又是静态的，在这里使情节产生跳跃，或将思考推进到一个

---

① 关于部分与章节划分的效果，尤其是《生活在别处》中的，可参见《小说的艺术》第四部分。——原注

新的阶段，在那里又中断情节，深入思考；但是永远，它都被小心圈定在意义的范围内，饱含着意义。

　　饱含着意义和形式的必要性。因为每一章，毫无例外地，都意图在小说的构成和主题的揭示中扮演绝对不可或缺的角色。如果说它们如此简短，数量如此众多，那是因为用来连接它们的一切钩子、一切脚手架都不复存在，而在传统小说中，这些钩子和脚手架与意义无直接关涉，只是单纯属于各链接的机械构成：是经过精心安排的过渡，准备，等待，论证，以及所有那些多多少少人为的、致力于保护真实性和文本表面逻辑的手法。在这里，所有的省略都是可以的，从一章到另一章，所有最出乎意料的切分和偏离，最突然的中断，最深层的破裂，一切都是可以的，唯一重要的是主题的张力从来不曾减弱。马里奥·巴尔加斯·略萨[①]与许多杰出的小说家一样，认为小说中注定存在着或多或少占一定比例的"停顿，起单纯的连接作用的插入"，也可以说是填料：

---

　　① Mario Vargas Llosa（1936—　），秘鲁作家。

196

"诗歌，"他在《给青年小说家的信》中写道，"可以成为一种集约型的文学体裁，被精简到最本质的东西，没有任何多余之物。小说不可以。"然而，昆德拉短章的艺术就在于让小说摆脱这种多余之物——换了布勒东会说：这些"无用的时刻"，使得小说可以像诗歌一样，永远不"离开——哪怕仅仅离开一行字之远——牢牢揪住它的心的东西，离开使它着迷的东西"（《被背叛的遗嘱》），"永远只停留在最本质的东西上"①。

在文体上，这就要求使用一种精练的语言，尽可能的简洁、直接，而这些品质，与平常我们赋予"诗性散文"的品质截然相反，"诗性散文"往往采用阿兰所谓的"装饰性文体"，"从表面上看，几乎可以说只要一出现，只要一眼望去，每一个词都在为自己闪光，为自己舞蹈，或者与相邻的词组成游戏和圆舞"。然而昆德拉的散文是完全缺乏诗意的散文。它像逃避鼠疫一般逃避表面

———————

　　① 米兰·昆德拉，《懂得如何停留在最本质的东西上——关于西尔维·里赫特罗娃的〈回归与其他失却〉》（ *Savoir rester dans l'essentiel - à propos de Retours et autres pertes de Sylvie Richterova* ），《小说工作坊》，巴黎，总第一期，一九九三年十一月号，页九一。——原注

上的近似和效果，逃避惊奇，逃避矫揉造作，逃避词汇上或语法上的逾规，逃避任何对于旨在越过语言本身、只知道自己闪光的"写作"和"能指工作"的现代崇拜。在这里，文体具有某种古典的特征；所有的一切都服从于它所要传达的意义，这是一种相当朴素的文体，趋向于格言警句的那种简练和干脆。"我的语言要求简单，准确，仿佛透明一般，在所有语言中都应如此，"[1] 小说家如是宣布。为了做到这一点，每一个段落，每一个句子，每一个词，每一个标点符号，不仅仅经过精心选择、计算，有其充分的理由，而且都非常明确和节省。因此《不朽》的作者说："如果读者跳过我小说的一句话，他就理解不了其中的任何东西。"他并不太夸张。

这种文本的划分和写作的准确性要求昆德拉的读者放弃平常阅读小说时所偏好的那种潦草的、快速的阅读，取而代之以一种

---

① 《看不见的边界——与居伊·斯卡佩塔的笔谈》（*La frontière invisible. Entretien écrit avec Guy Scarpetta*），《新观察家》（*Le Nouvel Observateur*），巴黎，总第一七三二期（一九九八年一月十五至二十一日）。——原注

专注，也就是说一种追问，一种阐释的努力，让自己被一个最小的符号、一个最小的改变、一个最小的细节迷住，唯恐自己错过了"本质"。关于这种既带有缓慢性（由于划分为部分和章节而经常出现的停顿）又带有不能间断的紧凑性（每个片段和每个词的意义分量）的阅读，最恰当的模式之一可能是维旺·德农笔下的一对情人共同度过的几个小时：那几个小时，T夫人"减慢他们的黑夜之旅，将黑夜分成彼此独立的不同的部分"，赋予每一个部分以最纯粹的形式，将每一个部分制造成充满诱惑和幸福感的小小杰作。但是这个模式，也还可以是阿涅丝的最后一次散步，就在那个下午，在山中小路间。

安宁

　　当上帝慢慢离开他最初引领这个世界，引领这个世界的价值秩序，将善与恶区分开来，赋予每个事物以意义的位置时，堂吉诃德走出了家门，他不再认识这个世界。

——米兰·昆德拉

在阿涅丝散步的时候究竟发生了什么事情？她走上了一条特别之路？她在找寻林下灌木丛，或是没有任何遮挡的风景？她看到了自己不认识的花、树、动物？她看到了从童年记忆中歌德的诗里走出来的，"不吱一声的林中的小鸟"？小说都没有提到。我们所知道的，就只是在一生的最后一个下午，阿涅丝完全在平静与遗世独立中度过，就仅仅是一个人停留在"转离尘世的道路上"，没有旁观者，没有家庭，仿佛也没有祖国。剩下的，就只是一段完全中性的插曲，什么也没有发生，就只是度过了迷失的、没什么分别的几个小时。或者更确切地说，不完全是这样，还是发生了一个小事件，但这不完全是真正意义上的事件，因为没有任何情节随之发生，也没有引起任何后果，这只是一个"奇异的时刻"，在这个时刻，一切都静止了，都似乎被悬置了：

她来到一条小溪旁，躺在草丛中。她久久地躺在那里，觉得自己感到溪流淌过她的身体，带走所有的痛苦和污秽：她的自我。奇异的难以忘怀的时刻：她忘却了她的自我，她失去了她的自我，她摆脱了自我；在那里她感受到了幸福。

当时，阿涅丝并没有真正意识到发生了什么。只是在几个小时之后，握着汽车的方向盘时，在发生那个致命事故的前一会儿，下午所经历的时刻才突然跳到她的记忆之中，她才花时间去思考它：

这段回忆在她身上产生一种模糊的、转瞬即逝的、然而非常重要的（也许是最重要的）想法，以至阿涅丝想用语言来抓住它：

人生所不能承受的，不是存在，而是作为自我的存在。造物主依仗电子计算机，使几十亿个自我和他们的生命进入尘世。但是在所有这些生命旁边，可以想象一个更为基本的存在，它在造物主开始创造之前便有了，造物主对这个存在过去不曾施加过，如今也不施加任何影响。阿涅丝躺在草丛中，小溪单调的潺潺声穿过她的身体，带走她的自我和自我的污秽，她具有这种基本的存在属性，这存在弥漫在时间流逝的声音里，弥漫在蔚蓝的天空中。她知道，从此以后，再也没有更美的东西了。

在自一开始就循着阿涅丝的脚步所作的评论中，我们已经到了第三个也是最后的时间段。真的，第三个时间段并非发生在前两个时间段之后，因为它是在阿涅丝散步之时突然来到的，它不代表结束，也不代表继续，而仅仅是一个简单的"时刻"。然而这是一个特殊的时刻，因为这个时刻仿佛一个象征，集中了深层的意义，不仅仅是她散步的深层意义，而且也是她整个存在的深层意义，她的一生就只是等待，等待这清醒而平静的时刻的缓慢生成。

的确，从小说一开始，关于阿涅丝，我们得知的最初几件事，其中一件就是她在五年前经历的父亲的葬礼，而且这葬礼与瑞士的风景是联系在一起的：在那里，她觉得，"森林中有几条路，她的父亲站在其中的一条路上在对她微笑，在呼唤她"。然而，父亲对她而言，是一个静默的、闪在一边的人，是撕毁照片的人，是目光和战斗的敌人，是只想着逃跑，隐退，"慢慢地、不让人看到，奔赴那再没有面孔的世界"的反面英雄。在小溪边经历的"奇异的时刻"因此标志着她和父亲的重逢，也就是说实现了纠缠着小说人物阿涅丝一生的欲望：避开身体，面孔，手势，以及强迫她将自己不想要的身份背负在身上的名字，将她钉在十字架上、令她饱受折磨、不管她自己愿不愿意就将她投入他人的目光和罗网之中的名字。这并不是说她为自己是现在这样一个女人感到痛苦，也不是说她希望成为别样的人或者过得更好。她的欲望，她的"疲惫"，远比这深刻得多。不是要换一个自我，而是想看见她的自我消失，她的自我的所有特点，不管是她自己的还是别人给她的，都从她身上一点点地"减"去，直至她不再有自我，也就是说不仅仅是没有面具，而且是没有面孔，没有名字，隐去，消失。这就是那天下午，一时降临在她身上的恩惠：减至为零，镜子空了，阿涅丝不再是阿涅丝。

这个带有神秘色彩的场景，令我们不禁想起柏拉图学派哲学家所讲的走出表象洞穴，我们也可以把它比作某个顿悟或"出神"①的时刻，如果它的内容在本质上不是负面的话。因为阿涅丝体验到的不是自我在波澜壮阔的风景前不断扩展，而是一种遗忘，一种对于所有主观性的取消。这个差别很重要。当然，这体验带给阿涅丝的安宁和"幸福"的确是因为灵魂与尘世的冲突在这个时刻至少暂时地平静了下来。但是这里的平静并非源自自我的胜利，并非因为自我战胜了尘世的敌意或格格不入，就像卢梭在《一个孤独漫步者的遐想》中所经历的那样，体验到"安慰，希望和安宁"，因为大自然终于让他得以"只关注［他的］自我"。这同样也是巴什拉②的梦想的性质：巴什拉的梦想是使得主体能够沉浸"在与他的存在相一致的世界里，［……］在不再有之外的之内"，"世界不再在他的对面"，"自我不再与世界对抗"，相反，"不再有非我的存在"。为表明这一类将自我与尘世融为一体的穿

---

① 关于这个词，参见《被背叛的遗嘱》，页一〇三至一〇六。——原注
② Gaston Bachelard（1884—1962），法国哲学家。

插性事件在小说背景下的特别之处，卢卡奇称之为"抒情时刻"，对此他写道："灵魂［……］将其最纯粹的内在性固定下来，而自然，陌生的、不可知的自然，在内在性的推动下，幻化成光芒四射的象征"，以至于外部世界只是"本质，也就是说内在性的反映，通过抓住意义，这世界不再无法捉摸"。但阿涅丝在小溪边得到的安宁完全不是这么回事：如果说尘世与自我之间的冲突看上去的确不再继续了的话，这并非因为自我在尘世中奇迹般地得到了承认，因为"不再有非我的存在"；相反，这是因为所有的主观性都被废除了，溶解了，都在水流中被"洗"掉了，而恰恰除了非我之外，再也没有别的东西存在。

小 说 时 刻

因此，阿涅丝的安宁不是来自于离开和流亡。这是来自于远离自我、远离尘世的安宁，是因为转过身去消失才得到的安宁。

这样的隐退，这样的迁移，为了区别于"抒情时刻"，我们可以称之为小说时刻。这一时刻的作用开启了精神上和本体上的一个空间，这是昆德拉小说特有的地方，或者更确切地说，是"非地方"，因为这个空间只能由距离构成，否则任何东西也无法定义。的确，在昆德拉笔下，小说从来都是从尘世的边缘写起。它从来都是叛逆的作品，也就是说它一直在找寻、在完成一种根本性的、决定性的中断，通过这样的中断，尘世和生灵都仿佛置身于一种衰败的、陌生的、有问题的状态，就像是卸掉了它们的内容，或可笑或可怜，每时每刻都准备在无意义之中消失。就像抓住它们的目光已经是不再属于它们的某个人的目光。

这就是为什么发生在阿涅丝身上的绝非孤立的情况，根本不是。昆德拉的每一部小说都能够重现——从不同的角度，在不同的虚构背景中——小说时刻的基本体验，就像是通过不断的变化加深对意义的挖掘，不停地将最初的离开——使得意义成为现在这样的本体上的离开——呈现在意识的面前。

让我们来看几个例子，根据这些例子中的事件所呈现的不同面貌（从词的语法意义上说），我们可以将其分为两类，一类正在完成逃离，另一类似乎已经完成逃离。捷克语小说往往属于第一类情况，因为这些小说都有一个共同点，就是小说时刻往往都表现为一种醒悟，正是通过这样的醒悟，到那时为止一直身处自己故事之中的人物才能脱离自己的故事，脱离自己，置身度外地看清楚，突然发现自己的虚荣。而且，这种 *desengaño*[①] 往往出现在叙事行将结束的时刻，就像是一种讽刺性的反结论，对于人物所经历的一切、对于他所遭遇的一切的意义和价值提出质疑。在《好笑的爱》的第一部分《谁都笑不出来》中就是如此，叙述者意识到自己的算计和谎言到头来只是让自己成为一系列事件中的玩偶，而他在这之前还以为自己主导了这一系列的事件：

　　我突然明白到，我原先还想象我们自己跨在人生历险的马背上，还以为我们自己在引导着马的驰骋。实际上，那只

---

① 西班牙语，醒悟、觉悟。

是我单方面的一个幻觉；那些历险兴许根本就不是我们自己的历险；而从某种程度上来说，它们是由外界强加给我们的；它们根本就不能表现出我们的特点；我们对它们奇特的驰骋根本就没有责任；它们拖着我们，而它们自己也不知来自什么地方，被不知什么样的奇特力量所引导。

的确，克拉拉的情人是一个失去一切的人，他的故事彻头彻尾失败：女朋友离开了他，失去了工作。但这不是《好笑的爱》最后一部分里的人物爱德华的情况，对于爱德华来说，正相反，一切都仿佛是成功的，他赢得了政治上的声誉，最终也和阿丽丝睡了觉。然而，在最后，他也面对着相似的揭示，他"悲哀地"发现，"他刚刚〔……〕的艳遇是可笑的，是偶然与错误的后果，缺乏严肃性和意义"，阿丽丝的话和动作只是"无意义的符号、没有储备金的纸币，纸的秤砣"，而他本人只是"所有这些影子人的影子"，他的故事正是在这些影子人之中展开的。

"醒悟"，"揭示"：这些词远远不能表达出真正的意思，这里并非是要揭开某种到那时为止一直藏着的秘密。实际上，爱德华以及克拉拉的情人以自己的方式发现的，并不是某种真理，更不是唯一的真理之所在，他们发现的恰恰是真理并不存在，他们发现了自己的盲目性。这里的意识到不是一种得到，而是一种失去；它根本不可能令幻想破灭，它只是肯定了幻想永远无法破灭。

他们的发现，简而言之，与通往光明的上升正相反。它是一种昏暗，一种坠落，是所有尺度连同所有价值的突然间坍塌。这种坠落，没有人比《玩笑》中的路德维克有更强烈的体验了，就在最后，他明白"［他］一生的全部历史就完全在错误中生出"的时候。他不仅仅因为错误受到了惩罚，不仅仅因为错误爱上了露茜然后又遗弃了露茜，而且他的复仇，也就是说他想要修正原先的错误、清算和过去的纠结的努力，只能促使他奔向一个新的错误，以至于他赋予自己一生的全部意义、他自认为对自己行动所持有的全部控制力都如纸城堡一般坍塌了。他这样一个玩笑的制造者，一个热衷于"美丽的摧毁"的人，一个致力于修正历史错误的侠客，如今发现自己竟是一个阴谋的牺牲品和工具，而这个阴谋，因为没有作者，没有理由，于是也没有诉求，更加荒谬。"到了这时，我明白了，我根本无法取消我自己的这个玩笑，因为我就是我，我的生活是被囊括在一个极大的（我无法赶上的）玩笑之中，而且丝毫不能逆转。"

"可要是历史也开起玩笑来呢？"路德维克于是问自己。如果世界也开起玩笑来呢？如果世界只能是陷阱，只能是一个巨大的愚弄人的圈套？如果爱情只是一长串的蔑视？如果没有正义，"罪者与受害者之间没有差别"，而"受迫害者并不比迫害者更高贵"，就像《告别圆舞曲》里雅库布发现的那样？如果所有的价值都只是假象？如果没有真理，所有的符号都随波逐流，都能够承担起随便什么意义？如果像特蕾莎想的那样，"所有的事、所有的人都出现在一种伪装之下"呢，而在这伪装之下有的只能是再一层的伪装，然后又一层的伪装，就这样无穷无尽地继续下去，我们遇到的，只可能是面具、化装服、赝品的装饰？如果生活在这一切之中，我们不是注定要欺骗，自我欺骗，被欺骗？

小说时刻，就是这些恶毒的问题暴露出来，一切——正是通过事实本身——被震动了，有可能被毁于一旦。可以说：已经被摧毁了。

雅库布在《告别圆舞曲》快结束的时候，对自己提出的也是这一类问题，在早晨如闪电般得见的卡米拉的美貌以及斯克雷塔吐露的"兄弟"繁殖计划促使他回顾自己漫长的战斗生涯，突然一生的意义越来越弱，土崩瓦解，在虚无中摇荡：

　　他有一种奇怪的感觉，他在这个国家生活，却不知道这里发生了什么。［……］他以为自己永远在聆听着那颗心在祖国的胸膛中跳动。但是，谁知道他是不是真的听到了呢？真的是一颗心吗？难道它不就只是一只破闹钟吗？一只总是走不准的报废了的破闹钟吗？他的一切政治斗争不就仅仅是引诱他迷路的一簇簇鬼火，而不是别的吗？

　　［……］他是不是一直生活在跟他想象的完全不同的世界中呢？他是不是把任何事物全看颠倒了呢？

就在这第五天也是最后一天中，伴随着雅库布的长长的思考使他成为昆德拉笔下最具"俄狄浦斯情结"的人物。和爱德华、路德维克以及《谁都笑不出来》里的叙述者一样，但是比他们更加执着，他在小说最后所意识到的东西直接令我们想起索福克勒斯笔下的主人公，在最后不无惊恐地发现从一开始他就"什么也看不见，什么也不知道"，对于自己，对于自己犯下的罪恶，他一直生活在这样一种状态下。但是俄狄浦斯最后弄瞎了自己的眼睛，因为他终于面对面地看清了真相，仿佛一轮太阳刺痛了他的眼睛，他藉此从自己的一无所见中解脱出来，雅库布的追问却只能是将先前自认为信赖的真相一一瓦解，将之埋入更深的黑暗。我们可以说，"悲剧时刻"在于主人公突然间得到了答案，这个答案可以评判他的行动，取消一切问题；而小说时刻正相反，所有的答案都躲开了，所有的判断都被悬置了，主人公面前的，是无限的怀疑和不确定。

雅库布的姗姗来迟的"皈依"，就像路德维克的一样，不仅仅只牵涉到——也不首先就牵涉到——他曾经捍卫并"差点儿为此而丢掉性命"的政治思想，不管这些政治思想可以多么高尚，多么真诚。这是政治本身，是所有政治思想和政治斗争的形式，是——更加彻底——在这世界里突然之间被剥夺了价值，被掏空了内容，从而被"不可逆转"的无信仰击中的所有境遇，因为一旦怀疑产生了，也就是说存在和自身之间、存在和世界之间的距离开始形成，就再也不能回到过去，重新找回丢失的信仰和天真。跑步运动员从放弃比赛的那一瞬起，就不再能够重回赛场；他的背离是不可以被修正的。

因为不管是针对历史和政治（雅库布），还是针对个人生活（爱德华，克拉拉的情人），或是同时针对两者（路德维克），人物的"叛离"每一次所摧毁的，是所有充当他身份的基础，赋予他一系列行动、欲望和思想以某种"传记"性质的东西，也就是说一种秩序、一种逻辑和一种意义。就这样，完全地，他身处自己之外，身处世界之外；一切将他与这种或那种身份联系起来、使他与这种或那种价值一致起来的契约都中断了，因为他现在已经看清任何一种身份和任何一种价值一样，注定都是不稳定的，任意的，每秒钟都可能彻底反过来，因此根本不值得倾注一点点的信任，一点点的忠诚。尽管他知道"除此之外却也不可能有别的"，就像雅库布那样，世界还是不再是他的祖国了。

雅库布很快就要成为没有国籍的人，这些思考都是在他准备离开自己国家时产生的，好像是因为临近边界受到启发一样。扬，《笑忘录》里最后一部分的人物，已经移民了，但是他的整个思想、整个存在始终纠缠于、沉迷于边界这个词，"通常在地理范围内使用的边界这个词，就让他想起另一个边界，非物质的、捉摸不到的边界"，借用这个边界，我们可以再一次看到我们一直勉勉强强想要定义的某种东西的形象。从扬的思考中受到启发，我们可以说，小说时刻正是这个"边界"也许尚未被穿越，却至少已经变得可以看见的时刻——说到底，这也许是一回事。但这是一种什么样的边界呢？扬问自己，他回想起"他在世界上最爱的那个女人"对他说"她与生活的联系只赖于一丝细线"：

是的，她想活下去，生活给她带来极大的欢乐，但她同

217

时也知道"我想活下去"是由蜘蛛网上的线编织成的。只需有一点风吹草动、一丁点儿的东西,我们就会落到边界的另一端,在那里,没有什么东西是有意义的:爱情、信念、信仰、历史等等。人的生命的所有秘密就在于,一切都发生在离这条边界非常之近甚至有直接接触的地方,它们之间的距离不是以公里计,而是以毫米计的。

"只要很小的东西,"在稍远的地方他又进一步明确,"很弱的一丝风,就能让事物不易察觉地动起来,正因为如此,在突然出现万事皆空的虚无之前的一秒钟,人们还可以主动牺牲掉自己的生命。"一直以来,扬都不断碰到这个边界的问题,也就是说这种威胁,这种意义即将坍塌的紧迫感。他不是在政治的领域(像雅库布那样)也不是在历史的领域(像路德维克那样)体验到这点的,他首先是在最私人的爱情领域碰到这个问题。爱情对于这个热衷于女人的人来说,越来越成为一种毫无意趣可言的重复。有一天,他试图征服火车上看到的一个年轻漂亮的陌生女子时,他突然意识到他征服女人的策略都是在对自身的模仿，从一个女人到另一个女人都是如此，而"所有的模仿都没有价值"。"他看到了自己目光和动作的可怜的造作，这形成套式的造作，由于年复一年的重复，失去了任何意义。"因此，重复令事物"每次都丧失掉一部分意义"，最终彻底地清空事物的意义。于是边界变得如此醒目，如此临近，在某种程度上，我们无法克制自己不跨到边界的另一边去。

放 荡 的 人

如果说"抓住真实世界"的责任是"小说定义本身的一部分"，就像《被背叛的遗嘱》的作者提醒我们的那样，我们可以说，昆德拉的小说正是从这边界开始抓住的世界和存在，"超出这个边界之外，事物便不再有任何意义"，因此，所有的一切都只能以模糊和混乱的面目出现，都只能是骗局和幻影。

我们刚才列举的人物已经把我们带到了边界附近，再迈一步就是那边了。他们以各自的方式发现了边界的存在——并且衡量了这一发现的后果，但是还没有完全跨越它。现在我们要问另外一群人物：一旦跨越了边界，会发生什么事情？当世界已经不再是自己的祖国时，怎么才能活下去？

对于这个问题——这是一个极端现代的问题——可能有两种回答，这两种回答对应于昆德拉小说讽刺和想象的两大模式，正如由作品中某些最为生动的形象展现出来的，或者说得更确切一些，由这些形象以探询的方式提出的。第一——也是评论最常提到的——就是我们所谓的恶毒的模式。这种模式在于，边界一旦被跨越（或者被发现），人物就回到了尘世，继续居住在尘世中，但是不再属于它，他也不再把这尘世当成让人备受煎熬的地狱，而是把它当成一个让人发笑的恶作剧。

"等了好一会儿我才明白过来，"克拉拉的情人在其故事的结尾处说，"我的故事（尽管我的四周笼罩着一片冰冷的寂静）并不属于悲剧，倒是个喜剧。"的确，悲剧就像反抗（或革命）一样，是建立在对世界和对生活的严肃态度之上，也就是说建立在对某种秩序（形而上的或道德上的）的信仰之上，一旦缺少了信仰的秩序，或者至少这种秩序处在不明了的状态，就会被看成是对正义的损害，从此往后就会要求修复这种秩序，如果修复能够突然降临，当然被扰乱的秩序会重新建立，如果不能，那就会引起毁灭和绝望。然而这完全不是昆德拉笔下的"恶毒"人物从自己的边界意识中得到启发产生的观点，这些人物之于悲剧主人公，犹如宿命论者雅克之于俄狄浦斯，哈威尔之于唐璜：都是在"一切全都顺顺当当，一路畅通无阻的土地上"失败的生灵。对于他们来说，世界的无序是其本质所在，而不只是一个简单的事故，不是幻象，不是导致他们成为默认的或反抗的受害者的暂时失衡。真相，正义，意义，不只是暂时坠入黑暗之中，而是永远失去了。从此只剩下真相的碎片、对正义的滑稽模仿和意义的假象，所以无所谓悲痛或是抨击（以什么样的名义？），而只是简单地承认，居于其中，原本是怎么样就怎么样：他们是一个终结的世界所剩下的好笑的人，因为不知道自己的结局在哪里，所以更加好笑。

好笑，也就是说从根本而言，不可逆转地被剥除了严肃的意义。然而，正如爱德华向他哥哥解释的那样，"严肃地看待那些不怎么严肃的东西"，比如被剥夺了理性的世界，怎么可能？在一出滑稽戏中，只有好笑是唯一的规则，只有玩笑是唯一的礼仪。严肃的存在，天真的人，高贵的人，不笑的人，都必然成为恶作剧捉弄的笨蛋，受到棒打的惩罚。只有事先明白身陷怎样的疯狂的人才能免遭这一切，因此知道他所剩下的唯一"道德"就是永远不要无视这份疯狂，不要试图改变或反抗，否则自己也将遭到棒罚，他所要做的就只是玩游戏，从中得到最大限度的乐趣。对于世界的不严肃，他回之以自己存在的不严肃。

我们立刻想到了《不朽》中的阿弗纳琉斯教授，一个阴茎上饰有"长角魔鬼的脑袋"的男人，他反抗"魔鬼"的颠覆行动有时采取向十足的蠢驴颁发证书的形式，有时则采取穿过城市的街道跳疯疯癫癫的夜芭蕾的形式，随意散布着混乱与障碍。小说家朋友明确指出，阿弗纳琉斯的行动"没有任何体系"；究其行动的每一个细节，这是一个纯粹的无政府主义者；尤其值得指出的是，这是一个没有幻想，没有章程，"只是出于纯粹自私自利的乐趣"而投身破坏行动的无政府主义者。"夜里满街乱跑，戳破轮胎，对心灵来说，这是一种天大的快乐；而对身体来说，这是一种极好的锻炼。"因为他的"积极行动主义"，以及他另一面既宽厚又有些神秘的性格，也许阿弗纳琉斯教授（但实际上是什么教授？）在《告别圆舞曲》的小温泉城里会感到自在的。他会在斯克雷塔医生身上找到某种令人愉悦的默契，斯克雷塔医生是另一位行动的专家，似乎也断定世界就是一个玩笑，只能够属于滑稽可笑的东西。在伯特莱夫陪伴下，阿弗纳琉斯教授应该也不会感到厌烦，伯特莱夫是个回到出生国的移民，当然，他回到这个国家来是为了等死，但这条通往死亡的道路是如此之轻，一点"排场"也没有——套用塞利纳的词①。

也许把伯特莱夫当成"恶毒"的人物来看待显得有点矛盾，因为他朝拜圣像，读《福音书》。在那些与他来往的人：克利玛、

---

① 曾为昆德拉引用，见《断断续续》，《小说工作坊》，巴黎，总第四期，一九九五年五月号，页六九至七一。——原注

斯克雷塔、露辛娜甚至最后的雅库布眼中，他都像是个圣人。恶毒的，我们在这里用来形容他，是因为他的姿态、他的话语、他的过去（小说所告知我们的片鳞半爪足以让我们将这过去看成是幻灭的符号）使他也是作为一个完全不再相信这世界的人。但是伯特莱夫，就像我们看到的那样，也是宴会、款待和精致生活的主人；他的幻灭并没有导致他与世界作对，或是加重世界的混乱，他只是对此不加理睬，或者也可以说是"藐视"，在这世界中安置了一个属于自己的被保护的、调和的空间，一块温和而善良的领地。这个次一级的世界并没有替代前一个世界，也没有拯救它，就像伯特莱夫在温泉城的假期，满是谈话、会面和美味的饭菜，却无法治愈很快就要夺走他的疾病，就像他变魔术般赠送给卡米拉的几位电影界朋友的盛宴，却不能让举行盛宴的"脏兮兮的"咖啡馆恢复往日的气派。正如这个场面一样，伯特莱夫居于其中的微笑的光辉只是"幕间休息"，只是消遣，他在笑包围着他的濒临灭亡的世界，但是只能使濒临灭亡的迹象更加明显。这基本上是一种暂时性的、不可能的、已经不存在的光辉；伯特莱夫的策略就在于，清楚这一点，但是当作它一直存在着。

因此，唯美主义者伯特莱夫彬彬有礼和笑容可掬的面孔或是他举止风度的那种过了时的优雅并没有使他和破坏者阿弗纳琉斯或阴谋家斯克雷塔有多么不同。三个人都以各自的方式，用同样的游戏和无信仰的态度来回应世界的不严肃，这态度里，有一种无拘无束，有一种嘲弄的蔑视；对于世界难以承受之轻，他们报之以雀跃和微笑的幸福之轻；对于上帝的缺席，他们报之以自己丰盈的存在，报之以自由的练习，而这自由，因为是无动机的，更显得活泼快乐。总之，他们的"恶毒"建立在他们的轻浮之上。

尽管他们对女性的热情没有作为他们的主要特点而存在，阿弗纳琉斯、斯克雷塔和伯特莱夫还是属于昆德拉笔下那类恶毒本性最为突出的人物：即"放荡型的好色之徒"（《不能承受的生命之轻》）。不仅仅因为他们切断了和历史的一切关系，对跟他们现时之乐无关的东西一概不信，不仅仅因为他们对自己人生的独特之处和世界的命运毫不关心，而且因为哪怕对于自己的探索和征服，尽管已经是他们努力的唯一对象，他们也从来不会完全——

或者是自始至终地——待之以能够避免让他们坠入笑与无意义的陷阱的严肃态度。因为他们和年轻的浪漫情人不同，他们知道爱情的虚荣与千篇一律。和扬一样，他们也触到了重复的边界：哈威尔医生知道自己只是一个已经消失的原型的可笑复制品；《永恒欲望的金苹果》里的叙述者知道自己只是在"玩"马丁"经历"的一切——马丁做的也只是在玩"永恒追逐"这类没有赌注的游戏；鲁本斯知道没有任何爱情是独一无二的，知道是"唯一的、同一的流水穿越一切男男女女，这同一条地下暗流卷走了色情的形象"。总之，他们当中的任何人都不能避免业余爱好者的本性，他们的"勾搭"和征服都是没有动机的、随时可以撤退的。

然而，知道爱情追逐的虚荣并不意味着鄙视爱情追逐或想要反对爱情追逐，就像雅罗米尔、弗雷什曼和昆德拉笔下的其他童男想做的那样，要更加"人性化"、更加"真实"或更富"颠覆性"的爱情版本。相反，这意味着接受，或者至少意味着拒绝无视在一个没有严肃性存在的世界里需要经历的本质的、不可逆转的轻浮，而这轻浮，要努力用最为惬意、最为优雅的方式来承担，不仅仅是在游戏的时候不能忘记这是游戏，而且要将这游戏玩到完美的程度。这就是为什么，在昆德拉笔下，真正的唐璜从来都不是种马，更不是发情的种马。他既不追逐性高潮，不追逐陶醉，也不追逐对同伴的占有。给他动力的，是接近，是诱惑，是用以挑逗的种种微妙到极致的方法，总之，是一切在爱情交换中近乎前戏的东西，身体上的，精神上的，在前戏之中，动作、话语和思想首先不是用来表达一个内容（情感的或别的），而是用来建立一种形式。同样，放荡者即便是在伪装爱情的时候，也从来不撒谎。因为他的领地不是真相，而是愉悦。从这个意义上来说，放荡的伟大典范应该是《慢》中T夫人和她年轻情人之间的短暂关系。两个人都很清楚，这关系中没有任何可以期待的东西，实际上，这是一种没有实质没有深度的关系，不导致也不意味任何东西，清晨来临，一切就都结束了；但是对此他们毫不失望，他们根本不想"超越"让自己受限的界限，他们竭尽所能地显示着他们所有的精妙、所有的知识和所有的优雅，将这"一切都是安排的、编造的、人为的"，"没有东西是坦诚的"舞蹈艺术变成难忘的充实时刻。

　　一个出于纯粹的快乐和纯粹的幸福的插曲。这种"插曲"概念，前一章我们已经提到，不仅仅关系到小说构成的技巧。它也——就像所有属于小说美学的东西一样——属于伦理的范畴。我们可以把它定义为放荡的或恶毒的版本，也就是说关于命运概念的沦丧的、世俗的、讽刺的版本，或者更确切地说：就好像一旦跨越了边界，所有的价值坍塌，而"魔鬼的笑"占了上风，这时这个概念所剩下的东西。同悲剧、历史、真理和正义一样，命运提供给我们的，实际上也是一个稳定的、秩序井然的世界，或者至少是这样一种世界的可能性。这种可能性一旦消失，赋予这个世界以连续性和意义的思想、道德和历史的坐标一旦坍塌，一旦意识到——就像昆德拉笔下的雅克教育女店主的那样——"在这世界上一切都不确定，事情就像刮风一样变换着方向"，存在就突然失去了一切必然的特性，一切表面的方向和进步，以致命运的模式，从此都不再适用于存在。于是降临到小说上的东西也降临到了存在上，小说不再愿意"像一场自行车比赛"，它抛弃了建立在情节逻辑链上的线性构成：它的统一性解体了，它的"戏剧张力"不复存在，它的展开变慢了，以至于它的每一个时刻都不再只是"导向最终结局的一个阶段"，每一个时刻有了自己的价值和含义。不再有总提纲，不再有故事梗概。没有了命运的一致景象，生活中剩下的就只是各个分散场面的组装，没有原因也没有结果，也就是说没有起主导作用的原因，也没有可以预料的结果，每个分散的场面有着各自的开始和结尾，有各自的时间性，各自的色彩和逻辑：都只是插曲。当然，联系可能存在于这些东西——（一些）共同的主题，反复，"存在密码"——以及这些东西的布局之中，就好像变奏形式的小说的布局，可能建立一个可以辨识的整体形象；但是这种联系和这种布局不是控制某个遭遇或寻觅的戏剧发展的联系和布局；它们不会为存在的这些插曲排序，使得这个插曲成为那个插曲的条件或结果，它们会让每一个插曲都保留其充分的自主、神秘和脆弱的美。

插曲，插曲的放荡道德，换句话说，就是挣脱了命运束缚的生活——脱离了命运的笔直大道的生活，成了像是偶然来到山间道路的一次散步，每一段路，每一个交叉路口，都因其本身而受到喜爱，因为它具有自己的价值和意义。《不朽》第六部分中阿涅丝和鲁本斯之间的关系就为我们提供了这样一种生活的典范：他们"彼此只知道最低限度的必要的情况，几乎洋洋得意地把他们的生活藏在昏暗之中，这使他们的重逢显得格外明亮，摆脱了时间，同一切情况切断联系"。他钟情于她，因为在他眼里，她是"插曲中真正的公主"，她出现在他生活中"指针已经在他性生活的钟面转了一圈"，女人"对他来说已失去一切重要性"的时刻。至于她，她钟情于此，不仅仅因为这段关系是在她夫妻和家庭生活的边缘展开的，更是因为她在这段关系中摆脱了自己的名字（鲁本斯只是简单地称她为"诗琴弹奏者"）、面孔（她藏在她的动作之后），甚至摆脱了自己的灵魂（我们永远无法进入这灵魂），乃至最终摆脱了自己的命运。

另一个居住在插曲中的人物：《生活在别处》里四十来岁的男人。他也没有名字，关于他的生平，我们所知道的就只是让他离开、逃遁曾经生活的世界的缘由，就是为了某天能重新回到"自己生活戏剧之外［……］，背对着历史，背对着自己的所有戏剧人生，背对着自己的命运，从此以后他只关心自己，关心自己私人的娱乐，还有他的那些书"。即便他留在了自己国家又有什么用呢，他的存在是一个移民的存在，跨越了边界，站在这个新的"瞭望台"，只念着保护自己"非命运的牧歌"，远远地看着那个已经切断联系的国家。

流 亡 的 人

四十来岁的男人这个人物在昆德拉世界的第一种笔调——我们称之为"恶毒"模式，以放荡者的形象作为具体化身——和另一种笔调之间架起了一座桥，后面一种笔调与第一种笔调在某种程度上还是有所区别的，这种区别就好像重之于轻，柔板之于快板，黄昏之于白天。第二种笔调往往不是那么明显，尽管它在小说家作品的各个部分几乎都有所呈现，我们可以把它称为：流亡模式。

为了更好地理解其运作和含义，我们再问一遍同样的问题：一旦跨越了边界，不再相信世界的严肃性，要怎么做才能继续活下去？或者用阿涅丝的话来问这个问题：

在一个无法与之和谐的世界里如何生活呢？不能把别人的痛苦和欢乐当成自己的痛苦和欢乐，这样如何跟他们生活在一起呢？明知不属于他们的一员，如何跟他们生活在一起呢？

第一种可能，就是我们才看过某些后果的可能，在于无论如何都要在这个世界继续存在下去，只是以一种内在移民的方式，对于这个世界的欺骗报之以无宗教信仰者洞察一切、看破红尘的目光，对于这个世界的装腔作势报之以讽刺的态度，对于这个世界难以抑制的追求充盈的需要报之以对笑和游戏的陶醉，也就是说，永远都抓住这个世界不放，避免自己成为：一个巨大的玩笑。这种态度是昆德拉作品和小说实践的基本范畴之一，小说实践在于他是一种世俗化，一种对神话的破除，也就是说批评性的揭示，甚至是讽刺性的揭示，是永远都不会停下的对幻象的摧毁和对严肃精神的破坏。在这里，无论是抒情性，还是革命的信仰，还是普遍的乐观主义，还是对单纯的愿望，还是对友爱、对确信、对正义的欲求，一切都不复存在：它们是散文乐于拆除的陷阱、屏风，一个一个地拆除，一件一件地拆除，让生成这散文的意识始终处于鲜活的状态，意识到自己已经坠入另一个世界，在那个世界里，上帝不复存在，一切已经转化成为《被背叛的遗嘱》的作者所谓的"相对性的狂欢"，在那里，每一个人都毫无例外地欺骗自己和被别人欺骗，从被某个不知道他的人欺骗开始。

但是还有一种可能的方式，对于那些已经跨越了边界、站在这个世界之外的人。是真正地出发，不再返回。是切断一切联系，甚至颠覆或恶心都不复存在，在远处的某个地方，在这个世界不再触及得到的地方，继续存在下去。

这在某种程度上已经是四十来岁的男人的选择；他的选择，也就是说政治上的冷落必然摆在他面前的。因为，就像我们前面谈及被逐的人的形象时已经注意到的那样，被逐的人在被逐的过程中往往同时就在经历解放性的流亡。被判处放逐，或是被判到边缘生活，"被弃于［他的］生活道路之外"，这样的人往往会得到一种异乎寻常的幸福，就来自于这放逐本身，就好像这放逐把他赶到了世界之外，使他摆脱了这个世界，远离了这个世界，从此进入一个丢失了很久终于又找回了的祖国。最美的例子就是路德维克被流放到俄斯特拉发，当他被露茜的慢条斯理和"寻常"所打动的时候：

　　我当时坚信，远离历史方向盘的生活就不算生活，而是行尸走肉，会六神无主！不啻是一种逃亡，简直如放逐在西伯利亚。而现在（在西伯利亚过了六个月之后），我忽然看出来，离开历史方向盘还是有可能生活的，一种新的、原先未曾估计到的可能：原来在历史飞腾着的翅膀下，居然隐藏着一个被人遗忘的、日常生活的辽原，它就横卧在我的面前，草原中央站着一个可怜巴巴的女子，但又是一个值得爱恋的女子在等着我：露茜。

　　露茜，她对这个历史的巨大一翼又怎么看待呢？即使它那悄然飞过的声音也曾掠过她的耳旁，她也难以觉察。她对历史一无所知；她生活在历史的底下；她对历史这个陌生的东西一无所求；对那些号称伟大的、时代性的思虑毫无概念，她只是为自己那些琐碎的、无穷无尽的忧虑而生活。而我，忽地一下子，得到了解放。

但是路德维克还太年轻，还不能得到真正的解放。服刑期满，"待在［自己］命运之中"的欲望就立即在他心中占了上风，从而忘记了露茜带给他的那个"灰蒙蒙的天堂"。只是到最后，当他一生的玩笑将呈现在他面前时，他才将又一次接近解放，加入雅洛斯拉夫过时的小乐队——嘈杂的人群和"被劫掠一空的世界"之中一个"荒弃的小岛"。

在《笑忘录》中，塔米娜和她丈夫不得不离开自己的国家后也有类似的体验，这是既为中断又为休息的流亡，既为失去，又为拯救。

他们逃跑后的第一夜，当他们在阿尔卑斯山的一个村庄的小客栈醒来的时候，他们明白自己是孤单的，与从前生活过的那个世界隔绝了。这时候，塔米娜感到一种解放和解脱。他们在山里，完全与世隔绝。周围寂静无边。塔米娜把这一寂静当作意想不到的恩赐来接受。

这种解放和解脱的感觉又来自何处呢？就好像移民没有使他们离开自己的家，反而终于将他们带进自己的家。孤单和寂静，塔米娜对自己说。意思是：远离他们的祖国，属于他们的任何祖国，从此以后与祖国不再有任何契约、任何感情纠葛，也就是说在边界之后退到很远，跨越了边界，再没有任何东西、任何人会认识他们，会背叛他们，他们也不再属于任何东西，历史和命运都闭上了嘴，让他们从此得到了安宁。

这种流亡的观点贯穿昆德拉以主题为主导、为永恒的迷恋的整个作品。《好笑的爱》里爱德华的哥哥、《告别圆舞曲》里鲍博的主人和四十来岁的男人都属于一类人。《不能承受的生命之轻》

里，萨比娜追寻的也只是"背叛"和中断；她的存在就是不断的移民。还有一个以自己的方式存在的移民，尚塔尔，《身份》的女主人公，她的年龄，她孩子的死亡，尤其是让马克的爱情（就像是"对人类共同体不成文的法律的违背"）将她从一切义务一切追寻中解放了出来。

她品味着完全不存在艳遇的滋味。艳遇：拥抱这个世界的方式。她不愿意再拥抱这个世界。她不再要这个世界。

这个主题再一次、并且以更为有力的方式出现在《无知》中，故事叙述两个移民的回归，伊莱娜和约瑟夫，在国外过了二十年之后又回到了他们的出生地波希米亚。因此这是一部讲述流亡终结的小说，一部讲述重新融入自己的家的小说。但是在一个曾经逃离的世界里如何重新开始生活呢？返回祖国的人发现他们找回的祖国显得陌生，充满敌意，没有实质，没有真理。体制变了，当然，但是人，他们的错误和谎言都没有变；仍然是原来的存在，原来的喜剧，因为现在自认为是无辜的，是自由的，所以更加可笑。几天以后，还是深爱自己祖国的约瑟夫又体味到了这样一种矛盾的感情：对流亡的怀念。他明白过来，他的祖国不再能成为他的祖国，他从此之后只有一处居所，就是他的流亡之地，远离这里，远离战斗，远离清算，在那里，"两张扶手椅，面对着面，还有放在窗台上的那盏灯、那盆花，他的妻子种在屋前的细高的冷杉，冷杉就像是她举着的一只手臂，远远地把他们的家指给他看"，那一切都在等他。《无知》，换句话说，不是一部关于回归的小说，而是一部关于回归的不可能的小说。

但是关于流亡的存在最精细的写照，将流亡存在的表现推至极致，在某种程度上成了其他所有写照的背景的，应该是《不能承受的生命之轻》的第七部分，当托马斯和特蕾莎已经"不再能承受"彼此之间以及他们和命运之间的那团乱麻时，他们"与过去的生活一刀两断，就像用剪子把一根饰带一刀剪成两截"，他们离开了布拉格，远离一切隐居下来，避开一切，只操心他们的爱情、每天的面包和垂死的卡列宁的幸福。如果说这几页属于昆德拉作品中最动人心弦的几页，那是因为——也许我们可以说——这几页将别的地方往往是以惊鸿一瞥、以梦、以呼唤的形式出现的东西变成了一段时光。环境：被遗忘的、古老的村庄，仿佛摆脱了人类权力的自然风光；人物状况：托马斯是卡车司机，特蕾莎是放牧女工，两个都是失去社会地位的人，清贫，没有任何"使命"和计划；他们的孤单；他们度过的这段时光：安宁的时光，没有生活轨道，只有单纯的日出而作、日落而息，只有单纯的重复和无尽的慢：我们身处绝对的流亡之中。在别处，历史"伟大的进军"仍在继续，世界却完全从托马斯和特蕾莎身边消失了，带走了它的骚动、奇迹和欲望，只剩下寂静和安宁。于是特蕾莎有"奇特的幸福"和"奇特的忧虑"的感觉："忧虑是形式，幸福是内容。幸福充盈着忧虑的空间。"

如果说托马斯和特蕾莎的隐居——就像约瑟夫和我们刚刚提到的其他形象一样——在各个方面都令我们想起牧歌，也就是说"第一个冲突出现之前世界的状态；或者是冲突之外世界的状态；

或者冲突只是误会，即假的冲突"(《小说的艺术》)，这牧歌的奇特之处却在于，它不是建立在对冲突的无知之上，也不是建立在对冲突的解决之上（真实的或假设的），而是建立在投降之上。冲突在这里没有被否定，而是被抛弃了；不是无知也不是力量向流亡者开启了牧歌之门，只是对战斗的拒绝，只是用尽了流亡者身上的无知和力量。这里赋予流亡者的牧歌不是作为一种胜利而存在的，也不意味着流亡者回到了失去的最初的天堂，更不是用尽气力所赢得的未来的乌托邦，它是暂停，是"最后的喘息"，完全都在忘却、顺从和疲惫的氛围之下，而疲惫也是《不朽》的基本主题之一：

疲惫的人从窗户看出去，注视着一棵棵树的叶子，他心中在默诵这些树的名字：栗树、杨树、槭树。这些名字就像它们代表的东西那么美。杨树高大挺拔，就像一个举臂向天的运动员，也可以说像凝固了的窜向天空的火焰。杨树，啊，杨树。

"疲惫：从生命之岸通向死亡之岸的无声的桥梁。"关于流亡，我们也可以说是一种濒临死亡状态的生活：托马斯和特蕾莎知道卡列宁不久就要死去，而我们知道——因为早就宣布过了——他们的死亡也为期不远，死亡的影子已经笼罩了他们。同样，约瑟夫牵挂的在国外的自己的家也只是记忆中故去的妻子居住的孤零零的小屋。塔米娜也是丧偶，她只面向着已经远去的过去。至于尚塔尔，她可以在自己孩子的坟墓前说："你一死，让我再没了与你在一起的乐趣，但同时你又让我自由了。让我自由地去面对这个我不爱的世界。而我之所以可以不去爱它，那是因为你不在世了。"像死人一样，流亡的人不再属于活人的世界，也许这就是流亡的人会感觉到"奇特的忧虑"和"奇特的幸福"的原因所在吧。

这濒临死亡也赋予流亡的牧歌以负面的特点，使它完全成为"媚俗"的对立面：死亡在这里并没有遭到否定，而是完全承担了相反的意义，是不完美，是有限，是变质。因此这是缺乏诗意、幻想破灭的牧歌，这牧歌的围墙由"决裂"构筑，由将流亡的人从世界和命运中解放出来的绝对的脱离构筑。①

　　这是昆德拉作品的奇特之处——也是极为大胆之处——之一，流亡的主题和理念占据了作品的中心位置，反复出现，有时作为一种表现，有时作为一种向往。因为，小说总是首先被定义为主人公的冒险，它最偏爱的内容是行动、寻觅、冲突，而昆德拉的小说竟然可以接受那么多的静止和荒弃，却仍然未被摧毁。小说，就像昆德拉在《不能承受的生命之轻》里明确指出的，作为"对于陷入尘世陷阱的人生的探索"，一旦人生脱离了尘世陷阱、离开了这尘世，如何还能继续探索下去？流亡在某种程度上难道不是超越了小说美学和本体意义的边界吗？

　　关于美学方面，我们已经看到，昆德拉作品最基本的野心之一就在于将小说的传统边界移开，以便将小说从行动与斗争

---

① 有关昆德拉笔下的牧歌形象，敬请参照本文作者题为《阿涅丝的必死》（ *Mortalité d'Agnès* ）的文章（《无限》（ *L'Infini* ），巴黎，总第三五期，一九九一年秋季号），后作为后记收录于弗里奥文库版《不朽》。——原注

242

的绝对统治中解放出来。"道路小说"的模式，插曲的重见天日，变奏"继续着，而且总是在变化着"的形式，省略和短章的艺术，这些都是用来创造另一种类型的小说的方法，在这种类型的小说中，我们所谓的流亡模式——冒险的贬值，情节的中断，建立在缓慢与重复之上的时间性，关于中断和远去的主题——不是作为一种穿插或是一个陌生体出现的，它才构成最基本的东西，是作品的整个结构和意义得以依赖的坚实土地。这就意味着——从本体的角度来说——流亡的存在之于昆德拉小说，与其说是内容，不如说是源头；与其说是昆德拉小说探索的对象，不如说是探索方式本身。流亡的存在最直观的例子，还是《生活在别处》第六部分的那个形象。因为要想把世界当成陷阱来看，从某个角度而言，必须从中脱离。然而现在上帝不复存在，它的位置永远空在那里，也就是说现在上边的一切视角已经无法使用，那么脱离世界现代唯一的方式不就是远离这个世界，落于这个世界外边、下边、旁边，落入流亡的那些陌生而负面的空间？

流亡的人；放荡的人。出发和孤独的存在；笑和游戏的存在。我们知道，在这两个形象之间，没有任何对立的关系。并且，两个形象常常会一起体现在同一个人物身上：四十来岁的男人，鲁本斯，在他们身上两个形象实际上叠合了，尤其是托马斯，在他身上，这两个形象就好像互为正反面似的，不能相继存在、互相替代。萨比娜就很理解这一点，她在得知托马斯死讯后，想到他，"仿佛是她的一幅画：前景是由一位稚拙的画家画出的幻影——唐璜；而从幻影的缝隙里，现出了特里斯丹"。特蕾莎也明白这一点，差不多一直到最后，她都从她的特里斯丹身上看到唐璜的灵魂。因为放荡和流亡，笑和逃，压根不是组成相反的世界，它们只是面对同一边界立身的两种方式，两种居住在变成仿佛"没有价值的一片混沌"（《身份》）的世界里的方式。流亡的人曾经是放荡的人，放荡的人会成为流亡的人。两者都不会相信这个世界，都不会严肃地看待这个世界，像它所要求的那样。

结　局

"当我们跨越边界的时候，"扬想，"笑声就响起来，不可避免。可是，要是走得更远，越过了笑呢？"我们也许可以回答他：越过了笑，是流亡。但是越过了流亡，还有什么呢？

让我们最后一次回到正在休息的阿涅丝身边来。她的幸福首先来自于她在一片自己喜爱的风景中，品味着孤独与平静的完美时刻。她为自己生活在一个修道院不复存在、"不再有远离世界和人的地方"的时代而痛苦，终于她在这里得到了短暂的流亡的宽慰，对于她来说，这也是返回唯一的祖国：死去的父亲在向她微笑、在呼唤她的山间小路。但不仅仅是切断与世界、与人的联系使阿涅丝感到幸福，也不仅仅是避开"自我的污秽"使然。更深层的原因在于，她终于可以在几个小时的时间里挣脱"生活"的义务：

进入的那条省级公路是宁静的；遥远的，无限遥远的繁星闪闪烁烁。阿涅丝心想：

生活，生活并无任何幸福可言。生活，就是在这尘世之中带着痛苦的自我。

然而存在，存在就是幸福。存在：变成喷泉，石头的盛水盘，世界如热雨一般倾泻而下。

换句话说，她的幸福，不仅仅在于她知道自己独自一人，自由，远离所有人在流亡，而且在于一时间，她仿佛不再存在，仿佛自己整个隐退了，熄灭了，被废除了，而通过这种消失，"弥漫在时间流逝的声音里，弥漫在蔚蓝的天空中的这本原的存在"终于得以闪闪发光。

想象在这里触到了极限：酝酿自己的消失。然而，这样的梦，或者说这样的对"本原"世界的想法，始终暗暗贯穿着昆德拉的作品。"从人类咄咄逼人、啰里啰唆的主观性中解脱出来"（《被背叛的遗嘱》）的世界如此静谧，如此安宁，这是一个"终于从人的牢笼里挣脱出来"（《告别圆舞曲》）的世界，在这个世界之外的人，带着他的历史、他的情感、他的命运的一整堆杂物，已经跨出了最终的迈向旁边的一步。

于是，父亲以前曾经背诵的歌德的诗句里允诺的宁静终于展

现在阿涅丝面前：

Über allen Gipfeln

Ist Ruh,

In allen Wipfeln

Spürest du

Kaum einen Hauch;

Die Vögelein schweigen im Walde.

Warte nur, balde

Ruhest du auch.

在所有的山顶上

一片静寂，

在所有的树梢上

你几乎感觉不到

一点风声；

林中的小鸟不吱一声。

耐心点吧，不用多久

你也将得到安息。

　　所有的存在都会成为"石头的盛水盘，世界如热雨一般倾泻
而下"，狗和别的动物都将在自己的家中，自然覆盖了一切，不再
有尘世，不再有笑和爱情，不再有道路和流亡。也不再有小说。

参 考 书 目

米兰·昆德拉作品

以下提到的分别为昆德拉作品的不同法语版本：（一）初版；（二）定版或修订版；（三）本书引文依据的普及版（注有印行日期）。所有版本均由伽里玛出版社（巴黎）出版。

小　说

《玩笑》（*La Plaisanterie*）：（一）马塞尔·艾莫南（Marcel Aymonin）译自捷克语，一九六八年，世界丛书（*Du monde entier*），路易·阿拉贡（Louis Aragon）作前言；（二）克洛德·库尔托（Claude Courtot）和作者完整修订的译本，即定本，一九八五年，世界丛书，附《作者按》；（三）弗里奥文库（*Folio*）（一九九七年十一月）。

《好笑的爱》(*Risibles Amours*)：（一）弗朗索瓦·克雷尔（François Kérel）译自捷克语，一九七〇年，世界丛书；（二）作者校订的新版本，一九八六年，世界丛书；（三）弗里奥文库（一九九四年六月）。

《生活在别处》(*La Vie est ailleurs*)：（一）弗朗索瓦·克雷尔译自捷克语，一九七三年，世界丛书；（二）作者校订的新版本，一九八七年，世界丛书；（三）弗里奥文库（一九九九年八月）。

《告别圆舞曲》(*La Valse aux adieux*)：（一）弗朗索瓦·克雷尔译自捷克语，一九七六年，世界丛书；（二）作者校订的新版本，一九八六年，世界丛书；（三）弗里奥文库（二〇〇〇年十一月）。

《笑忘录》(*Le Livre du rire et de l'oubli*)：（一）弗朗索瓦·克雷尔译自捷克语，一九七九年，世界丛书；（二）作者校订的新版本，一九八五年，世界丛书；（三）弗里奥文库（一九九七年七月）。

《不能承受的生命之轻》（*L'Insoutenable Légèreté de l'être*）：（一）弗朗索瓦·克雷尔译自捷克语，一九八四年，世界丛书；（二）作者校订的新版本，一九八九年，世界丛书；（三）弗里奥文库（一九九〇年六月）。

《不朽》（*L'Immortalité*）：（一）埃娃·布洛赫（Eva Bloch）译自捷克语，一九九〇年，世界丛书；（三）弗里奥文库（一九九三年一月）。

《慢》（*La Lenteur*）：（一）一九九五年，布朗什丛书（*Blanche*）；（三）弗里奥文库（一九九八年三月）。

《身份》（*L'Identité*）：（一）一九九七年，布朗什丛书；（三）弗里奥文库（二〇〇〇年一月）。

《无知》（*L'Ignorance*）：二〇〇三年，布朗什丛书。

戏　剧

《雅克和他的主人——一出向狄德罗致敬的三幕剧》(*Jacques et son maître, hommage à Denis Diderot en trois actes*)：(一) 一九八一年，舞台檐幕丛书 (*Le Manteau d'Arlequin*)，前附《一种变奏的导言》；(二) 一九八四年，舞台檐幕丛书，附《作者导言》；(三) 弗里奥文库，前附《一种变奏的导言》，后附《戏谑性改编》及《关于剧本的作者按》(一九九八年九月)。

随　笔

《小说的艺术》(*L'Art du roman*)：(一) 一九八六年，布朗什丛书，附作者介绍；(三) 弗里奥文库，前附作者简短按语 (一九九五年一月)。

《被背叛的遗嘱》(*Les Testaments trahis*)：(一) 一九九三年，布朗什丛书；(三) 弗里奥文库 (一九九五年一月)。

米兰·昆德拉作品研究

书

阿伦·阿吉（Aron Aji），《米兰·昆德拉和小说艺术：评论》（*Milan Kundera and the Art of Fiction: Critical Essays*），纽约，加兰出版社（Garland Publishing），一九九二年。

玛丽亚·涅姆卓娃·班纳吉（Maria Němcová Banerjee），《终极悖论：米兰·昆德拉的小说》（*Paradoxes terminaux: les romans de Milan Kundera*），纳迪亚·阿克鲁夫（Nadia Akrouf）译自英语，巴黎，伽里玛出版社，一九九三年。

弗雷德·米苏雷拉（Fred Misurella），《理解米兰·昆德拉：公众事件、私人事务》（*Understanding Milan Kundera: Public Events, Private Affairs*），哥伦比亚，南卡罗来纳大学出版社（University of South Carolina Press），一九九三年。

克维托斯拉夫·赫瓦季克（Kvetoslav Chvatik），《米兰·昆德拉的小说世界》（*Le Monde romanesque de Milan Kundera*），贝尔纳·洛托拉里（Bernard Lortholary）译自德语，附米兰·昆德拉未收录在作品集里的十篇文章，巴黎，伽里玛出版社，一九九五年，彩虹丛书（*Arcades*）。

埃娃·勒格朗（Eva Le Grand），《昆德拉，欲望的记忆》（*Kundera ou la Mémoire du désir*），居伊·斯卡佩塔（Guy Scarpetta）作前言，巴黎／蒙特利尔，哈麦丹风出版社（L'Harmattan）／XYZ出版社（XYZ Editeur），一九九五年。

居伊·斯卡佩塔，《小说的黄金时代》（*L'Age d'or du roman*），巴黎，格拉塞出版社（Grasset），一九九六年，形象丛书（*Figures*），第三、第十章。

若瑟兰·迈可桑（Jocelyn Maixent），《米兰·昆德拉的十八世纪或当代小说所塑造的狄德罗》（*Le XVIIIème siècle de Milan Kundera ou Diderot investi par le roman contemporain*), 巴黎, 法国大学出版社（Presses universitaires de France), 一九九八年, 写作丛书（*Ecriture*)。

西永良成（Yoshinari Nishinaga),《米兰·昆德拉笔下的小说哲学》(*La Philosophie du roman chez Milan Kundera*), 东京, 平凡社（Heibonsha Sensho), 一九九八年（日语版）。

约恩·博伊森（Jørn Boisen),《米兰·昆德拉, 导言》(*Milan Kundera, en Introduktion*), 哥本哈根, 居伦达尔出版社（Gyldendal), 二〇〇一年。

期　刊

《自由》(*Liberté*), 蒙特利尔, 总第一二一期, 一九七九年一至二月号。

《大杂烩》(*Salmagundi*), 萨拉托加斯普林斯（Saratoga Springs), 总第七三期, 一九八七年冬季号。

《当代小说评论》(*The Review of Contemporary Fiction*)，纽约，第九

卷第二期，一九八九年夏季号。

《十九二十》(*Dix-neuf vingt*)，巴黎，总第一期，一九九六年三月。

《路线》(*Riga*)，米兰，总第二十期，二〇〇二年。

François Ricard
Le dernier après-midi d'Agnès
Essai sur l'œuvre de Milan Kundera

Copyright © 2003 by François Ricard
Simplified Chinese Translation copyright © 2022
by Shanghai Translation Publishing House
Published by arrangement with HarperCollins Publishers, Inc., USA
All rights reserved

图字：09-2004-356号

图书在版编目（CIP）数据

阿涅丝的最后一个下午/（加）弗朗索瓦·里卡尔
(Francois Ricard) 著；袁筱一译.
— 上海：上海译文出版社，2022.5
ISBN 978-7-5327-8993-1

Ⅰ.①阿… Ⅱ.①弗… ②袁… Ⅲ.①昆德拉（
Kundera, Milan 1929- ）—小说研究 Ⅳ.①I565.074

中国版本图书馆CIP数据核字（2022）第054838号

阿涅丝的最后一个下午	François Ricard		出版统筹	赵武平
Le dernier après-midi	弗朗索瓦·里卡尔	著	责任编辑	周 冉
d'Agnès	袁筱一	译	装帧设计	董茹嘉

上海译文出版社有限公司出版、发行
网址：www.yiwen.com.cn
201101 上海市闵行区号景路159弄B座
上海信老印刷厂印刷

开本890×1240 1/32 印张8.25 插页2 字数99,000
2022年9月第1版 2022年9月第1次印刷

ISBN 978-7-5327-8993-1/I·5587
定价：58.00元